*Pero llegaste tú*

# Pero llegaste tú

Elisabeth Gómez García

Círculo Rojo
EDITORIAL

Primera edición: marzo 2024

Depósito legal: AL 1008-2024

ISBN: 978-84-1073-287-2

Impresión y encuadernación: Editorial Círculo Rojo

© Del texto: Elisabeth Gómez García
© Maquetación y diseño: Equipo de Editorial Círculo Rojo

Editorial Círculo Rojo
www.editorialcirculorojo.com
info@editorialcirculorojo.com

Impreso en España — Printed in Spain

El papel utilizado para imprimir este libro es 100% libre de cloro y por tanto, **ecológico**.

*A mi hija, por ser el gran amor de mi vida.*

*Y a mis padres, por querer como nos quisieron,
con ese amor tan grande e incondicional.*

# Capítulo 1
# Mara

—En serio, mamá, tampoco tengo tantas ganas de salir me quedo en casa con el niño y ya está, y tú sales con papá.

—No, hija. Tú sal tranquila que papá y yo ya saldremos a cenar otro día, y el cumpleaños de Merche es hoy —me dice mi madre.

La verdad, no sabría qué hacer sin mis padres, me han apoyado siempre tanto. Desde que decidí dejar los estudios para trabajar en la tienda de Merche, hasta que, cuando con diecinueve años, les vine diciendo que estaba embarazada.

Son el pilar más importante de mi vida, junto con mi pequeño Enzo de tres años.

Adoran a su nieto, y él los adora a ellos. Y no fue nada fácil para ellos que su única hija les viniera diciendo que estaba embarazada. Embarazada y sin padre para el niño, claro.

Pegó la estampida el muy cretino, pero mejor, era un niñato de tres al cuarto incapaz de cuidar de sí mismo, como para cuidar de un bebé.

—Merche lo entiende, mamá, sabe que con el niño estamos muy liados.

—Me da igual, Mara, tú hoy sales y disfruta, que también te lo mereces.

—Te quiero, mamá.

—Yo a ti más —me dice ella.

Siempre me dice lo mismo, desde que era pequeña, y ahora también se lo dice a mi niño. Miro el reloj, son las ocho, mi padre no tardará en llegar con Enzo, lo llevó a una fiesta de cumpleaños de un amiguito de la clase; es rara la semana que no lo invitan a uno.

—Mami, mami.

Llegan a casa y mi niño corre hasta nuestra habitación.

—Hola, mi vida. ¿Cómo te lo has pasado en el cumple?

—Superguay. Hemos jugado al fútbol y me he comido toda la merienda —me dice.

—Muy bien, cariño. Ahora vamos al baño, ¿vale?

Lo baño y le pongo el pijama. En seguida se va con el abuelo al sofá.

—Mara, hija, me alegro de que al final te hayas decidido a salir —me dice mi padre.

—Qué remedio, papá, entre Merche y mamá… —le contesto.

—Pues claro, tienes que despejarte un poco, no va a ser todo trabajar y el niño, ¿no? —me dice él.

—Bueno, lo que pasa es que no me apetecía salir mucho hoy.

—No te engañes, Mara, nunca te apetece salir y tienes que hacerlo, hija, eres muy joven —me dice cariñoso mi padre.

—Bueno, papá, voy a terminar de arreglarme, si se duerme el niño, lo dejáis, vale, como ha merendado bien. Después, si acaso, que mamá le dé el bibe, aunque esté dormido —le digo yo.

—Tranquila, hija. Tú arréglate y déjanos a nosotros disfrutar de la patrulla canina —me dice, y nos echamos a reír.

Me voy a mi cuarto y me termino de maquillar. Cuando salgo, mis padres están cenando y mi niño dormido.

—Guau, hija, estás preciosa —me dice mi padre mientras mi madre aplaude flojito para no despertar al niño.

—Claro, qué vais a decir vosotros, si soy vuestra hija.

—No, hija, te lo decimos nosotros y cualquiera que no estuviera ciego —habla mi padre.

Les doy un beso a cada uno y me agacho para darle otro a mi niño. Me despido.

Cuando salgo del portal, ya Merche me está esperando en su coche.

—Vaya, chica, estás que lo rompes. Preparada para quemar la noche.

Le sonrío.

—Espero que tengas razón. Hace tanto que no salgo, que ya ni me acuerdo —le digo.

—Tranquila, Mara, esto es como montar en bicicleta, no se olvida. Tú céntrate en disfrutar y, si hay un maromo que te guste, pues ya sabes, como diría Timón, del Rey León, a la yugular.

Nos echamos a reír.

Aparcamos en el *parking* de un local que está de moda, ya las demás debían de estar dentro.

—Por cierto, toma tu regalo, quiero dártelo antes de que no recuerdes ni de cómo te llamas —le digo y le sonrío.

Merche coge la cajita y la abre.

—Oh, me encanta, Mara, ayúdame a ponérmelo.

La ayudo a ponerse la cadenita de plata con el símbolo del infinito.

—Me encanta, amiga, eres la mejor. —Y me da un beso y un abrazo.

Entramos en el local y ya nuestros amigos están esperándonos. Están en la barra, y, en cuanto nos ven, nos hacen señas para que nos acerquemos. Ya nos tienen unos chupitos que tomamos con agrado. Es el primero de la noche, echo un vistazo al local, la verdad es que está muy bien

De pronto, me encuentro con unos ojos verdes mirándome.

# Capítulo 2
## Lucas

—Ey, tío. Entonces, ¿cuándo te veo por aquí? En serio, Cristian, desde que eres padre de familia estás desaparecido.

—Lucas, tío, tienes que madurar de una vez. Mis ratos libres ahora son para mi familia, ya me darás la razón cuando te llegue la mujer por la que abandones la soltería —me dice mi amigo.

—Ni loco, tío, me gusta mucho mi vida como para cambiarla por nadie —le digo yo.

Me fijo en los monitores que tengo en mi despacho, y veo que entran al local un grupo de chicas y una de ellas está…

—Eh, Cristian, te dejo. Acaban de entrar unas chicas y una de ellas está para comérsela y yo aún no he cenado, ja, ja, ja, ja —le digo a mi amigo.

—Ya me reiré de ti cuando te llegue la definitiva, ya me reiré…

Mi amigo cuelga el teléfono y yo salgo del despacho y echo la llave.

Voy directo a la barra y me pongo a servir copas como loco, esto está a reventar. Miro por la pista, buscando al grupito de chicas y las veo en una esquina del local. Y ahí está ella, es guapísima, ya no le puedo quitar los ojos de encima, tiene un cuerpo de infarto y lo que me llama más la atención son sus ojos de gata.

Cuando la barra se despeja un poco, le digo a mis camareros que voy a dar una vuelta por el local. Me sirvo una copa y me quedo en una esquina.

—Hola, Lucas, me alegro de verte. —Miro a mi lado y me encuentro con Nerea, una amiga, o, mejor dicho, follamiga.

—Hola, guapa.

Ella se me acerca y me da un beso muy cerca de la boca.

—Que, ¿buscando una nueva presa? Te lo digo porque yo estoy aquí, dispuesta a jugar un rato contigo —me dice insinuándose.

Sonrío a Nerea y le niego con la cabeza.

—Hago lo que cualquiera, vigilar que todo vaya bien con mi negocio. Y hoy, mejor búscate a otro, Nerea, quiero ampliar horizontes —le digo.

No le sienta nada bien y se va molesta. Me da igual, ya no puedo dejar de mirar al grupito de chicas y en especial a ella.

Me acerco donde están y veo que beben chupitos. Cuando estoy a su lado, les digo:

—Buenas noches, chicas. Soy Lucas, el dueño de todo esto, espero que lo estéis pasando bien —les digo con toda mi chulería y sabedor de que eso les gusta a todas.

—Hola, Lucas, me llamo Merche y mis amigas y yo estamos celebrando mi cumpleaños —me dice una de ellas.

—Ah, pues que sepáis que para la siguiente ronda estáis invitadas —le digo a la chica.

Ella, de seguido, me presenta a todas las chicas y descubro que la que me tiene loco se llama Mara. Pero también veo que de todas es la más callada y tímida, es como si no estuviera en su ambiente, nada que ver con la cumpleañera. Ella va directa a por mí, pero yo no puedo dejar de mirar a Mara, se la ve tan inocente, tan introvertida, no sé, no es mi estilo de chica, a mí me gustan más lanzadas, pero hay algo en ella que me llama la atención y no puedo evitarlo. Veo que Mara le dice algo al oído a Merche y se va dirección a los baños.

—Ahora vengo, chicas, les voy a decir a mis camareros que os ponga otra ronda de chupitos, ¿vale?

—Vale, cariño —me dice Merche.

Voy hacia la barra y se lo digo a uno de mis chicos y entonces voy al pasillo de los baños.

—Hola, preciosidad, llevo un rato mirándote y no me haces caso. —Escucho al llegar al pasillo, y veo que, en el fondo, en un rincón, hay un tipo acorralando a una chica.

—Déjame, por favor, suéltame —le dice ella.

—Uy, eso va a ser imposible, niña. Mira cómo me tienes.

Veo que el cabrón le coge la mano y se la lleva a la entrepierna. Ella da un grito pidiendo ayuda, y entonces se me nubla la vista cuando veo que es Mara.

—Suéltala, hijo de puta. —Lo cojo por un brazo y lo empujo contra la pared—. Qué pasa, ¿que eres sordo o qué? —le digo con mi brazo en la garganta y con el otro le agarro su brazo por detrás de su espalda, lo inmovilizo.

—Eh, tío, solo nos estábamos divirtiendo. ¿Verdad que sí, muñeca?

—Pues yo creo que el único que se divertía aquí eras tú, cabrón.

Aviso por el pinganillo a Héctor, que está en la puerta, y en dos segundos está echando al tipo del local. Miro al rincón y veo a Mara temblando, con la cabeza mirando al suelo. Me acerco a ella y, con los dedos en la barbilla, hago que levante la cabeza. Tiene los ojos llorosos.

—Ey, tranquila, no has hecho nada malo, ven. —La cojo de la mano y me la llevo al otro pasillo, donde está mi despacho.

Saco las llaves del bolsillo trasero del pantalón y abro la puerta. Dejo que entre ella primero y cierro la puerta detrás de mí. Voy al minibar y cojo una botella de agua, le digo que beba despacio; ella coge la botella y me da las gracias. Dios, es tan hermosa, tan frágil; la veo tan indefensa que me da ternura.

La hago que se siente en el sofá y me pongo a su lado.

—¿Te encuentras mejor, Mara? —le pregunto.

—Sí, gracias, si no llegas a aparecer… —dice ella.

—Ehh, tranquila, no pienses ahora en eso, ¿vale? —Me acerco a ella y con los dedos le acaricio la mejilla. Noto como se tensa.

—Tengo que irme, Lucas, mis amigas estarán preocupadas por mí.

—Espera —le digo.

Me levanto y voy a mi mesa, llamo por teléfono.

—Ya está, acabo de hablar con Merche, le he dicho que estás conmigo y que en cinco minutos estarás en la sala, ¿vale? —Me vuelvo al sofá—. Solo quiero asegurarme de que estés bien.

Le cojo de la mano y sigue temblando. Me mira y me desarma. No sé, pero esto que me pasa con esta chica no me había pasado nunca antes con nadie.

—Verás, Mara, yo sé que no es el momento, pero desde que te vi entrar está noche en el local no he podido dejar de mirarte, y tengo unas ganas enormes de besarte —le digo.

Ella agacha la cabeza y yo hago que la levante de nuevo.

—No te avergüences —le digo para tranquilizarla.

—Es que yo no estoy acostumbrada a esto, Lucas, yo no soy como las demás mujeres a las que estarás acostumbrado —me dice avergonzada.

—Lo sé, créeme que lo sé. —Y me acerco a ella y le doy un beso suave en los labios.

Al ver que ella no se retira y acepta mi beso, lo profundizo separándole los labios con mi lengua. Al verla receptiva, introduzco mi lengua en su boca. Dios, la sensación es maravillosa. Su lengua comienza a moverse al ritmo de la mía y entonces me desarma por completo. La cojo por la cintura y la pongo encima de mí a horcajadas. La cosa comienza a calentarse por momentos y le subo el vestido a la cintura.

Le acaricio la espalda, los brazos, el cuello. Tiene una piel tan suave. Le acaricio los pechos por encima de la ropa y me doy cuenta de que tiene los pezones erectos. Dios, me vuelve loco está chica, joder.

Bajo las manos y se las pongo en el culo y la ayudo a que se mueva y se frote encima de mí. Estoy duro como una piedra. Le paso los dedos por encima de la braguita, buscando el punto exacto de su placer, cuando de pronto se tensa y se para.

—No, yo no puedo hacer esto —y entonces se levanta y comienza a ponerse la ropa bien—. Lo siento, Lucas, pero yo no soy así.

Sale de mi despacho, dejándome con cara de tonto y un calentón de cojones.

# Capítulo 3
# Mara

Salgo del despacho acelerada, claro, busco a las chicas y, cuando llego, están expectantes a lo que les tengo que contar. Les digo que nos vayamos fuera y, cuando estamos en la calle, les cuento como el tipejo ese quiso pasarse de listo conmigo y de como Lucas me defendió.

—Joder, Mara, si lo llego a saber —me dice Merche abrazándome.

—Estoy bien, de verdad. Me asusté, sí, pero por suerte no llegó a mayores.

—¿Y cómo fue que terminaste en el despacho del dueño? —me pregunta Lau.

—Me vio tan nerviosa que allí me senté en un sofá y me ofreció una botellita de agua para que me tranquilizara —les explico.

—La verdad que se ha comportado el tío, ¿no? —dice Merche—. Mira, hablando del rey de Roma —señala a la puerta y vemos a Lucas salir agarrando de la cintura a una chica rubia despampanante.

Se paran al lado de un coche y, antes de subir, se comen la boca a base de bien.

Entonces, él le abre la puerta y ella se mete en el coche. Lucas se sienta en el asiento del conductor. Arranca y se van sonriendo. Me molesta ver lo rápido que se ha buscado a otra y, sobre todo, que no se haya dado cuenta de que estaba prácticamente a su lado en la calle, pero, claro, estaba muy ocupado dándose el lote con la otra.

—Mira, ahí va tu héroe —me dice Merche.

Me duele lo que he visto, pero ahí me doy cuenta de que Lucas quiere lo que quiere.

—Venga, chicas, vámonos anda, que mañana algunas trabajamos —dice Merche sonriendo.

Llego a casa y con cuidado entro en mi habitación, mi niño está durmiendo con mis padres, así que hoy tengo la cama para mí sola. Pero lo echo de menos, mucho. Me quito la ropa y me pongo una camiseta para dormir, me desmaquillo y me meto en la cama. No dejo de pensar en Lucas, en la forma de besarme, de acariciarme, nunca antes me habían besado así, con esas ganas, ese ímpetu, como si estuviera hambriento de mí. También es verdad que, salvo el padre de Enzo, nadie más me había besado, ni mucho menos tocado. Pero lo de Lucas ha sido, no sé, muy excitante, todavía no sé cómo pude parar a tiempo.

Y después verlo salir con la otra, me ha dolido, la verdad, y pensar que el estará ahora con ella en la cama. Intento no pensar en eso, para qué.

Después de no pegar ojo en toda la noche, me levanto temprano y me visto. Trabajo de mañana y tengo que salir ya. En la cocina está mi padre tomándose un café.

—Buenos días, hija. ¿Cómo lo pasaste anoche?

—Bien, papá, pero ahora estoy muerta —le digo y le doy un beso.

—Es normal, hija, no estás acostumbrada a trasnochar. Después de trabajar, ya sabes lo que tienes que hacer, te echas una buena siesta y repones fuerzas.

—No puedo, papá, le prometí al niño que lo llevaría al parque de bolas.

—Puf, pues entonces no te libras, hija. Si algo tiene mi nieto es memoria.

Nos reímos los dos.

Me despido de él y salgo pitando a la tienda. Al ser sábado, las primeras horas son muy tranquilitas, pero, a eso de las doce, la tienda está a rebosar. Merche está igual de muerta que yo, pero ella, como es la jefa, de vez en cuando desaparece. Dice que va al almacén a mirar la ropa, y voy yo y me lo creo.

Estoy entretenida doblando algunas camisetas cuando veo que entra una chica en la tienda que me suena mucho, está hablando por teléfono, se la ve superpija, por la ropa que lleva. Me acerco a ella y es cuando me doy cuenta de que es la chica con la que se fue anoche Lucas.

—Pues sí, tía, anoche al final me lo llevé a la cama. Al principio pensé que no, porque no estaba muy por la labor, pero al final de la noche no sé qué le pasó, que salió como un toro de su despacho, me buscó, y cuando dio conmigo, me comió la boca. Que no sabes cómo me puse, por poco no nos metemos en el baño a follar. Pero al final nos fuimos a un hotel. Sí, ya sabes como es, muy suyo, y no quiere meter a nadie en su casa. Tú sabes mejor que nadie.

Me quedé blanca, me entraron ganas de vomitar y todo, pero como soy masoquista, pues ahí que me quedé.

—Me ha tenido toda la noche despierta. He perdido la cuenta de las veces que hemos follado. No he visto en mi vida a un tío que se recupere tan rápido como él.

Ya no puedo más y busco a Merche, le digo que tengo que ir al baño.

Ella se queda pendiente de todo.

Al rato, salgo y veo que la rubia ya se ha ido.

—¿Estás bien, cielo? —me dice Merche.

—Sí, recuérdame que, si me decido a salir otro día, al día siguiente no haya que trabajar —le digo sonriendo.

Llega la hora de irme y me despido de Merche. Al llegar a casa,
mi niño me recibe con una sonrisa y un abrazo.

—Hola, mi amor. —Lo beso.

—Mami, acuérdate que tenemos que ir al parque de bolas —
me dice.

—Ya, ya lo sé, mi vida —le sonrío.

Almuerzo en la cocina con mi madre y le cuento por encima
lo de anoche, sin contarle lo del tipo que se pasó conmigo y lo de
Lucas, claro.

Después, me doy una ducha y me arreglo un poco y salgo de
casa con Enzo.

Lo llevo en el carrito porque es una buena caminata hasta llegar al parque de bolas y andar le gusta más bien poco a mi niño.

# Capítulo 4
# Lucas

Me despierto en el hotel y veo que Nerea todavía está dormida. Me levanto y voy al baño a darme una ducha. «Joder, la cabeza me va a explotar», protesto para mí mismo. Cuando salgo de la ducha, Nerea se está vistiendo; si hay algo que me gusta de ella es que nunca pide explicaciones, follamos y después cada uno por su lado.

—Bueno, amor, me ha encantado pasar la noche contigo, espero que repitamos pronto. —Me da un pico y sale de la habitación.

Me termino de vestir y me marcho.

Decido llegarme a casa de mis padres, hace más de dos semanas que no me paso por allí.

—Hombre, el hijo pródigo —me dice con sorna mi padre.

—Hola, papá. —Me acerco a él y le doy un abrazo.

—¿Y eso tú por aquí? —me pregunta.

—Pues he venido a almorzar con vosotros.

—Muy bien, hijo. Hacía mucho que no venías. Tu madre se va a poner muy contenta. Emilia, ven, mira quien ha venido —dice mi padre.

Mi madre aparece por la cocina.

—Ay, hijo, qué alegría verte —me dice.

—Por Dios, ni que no viniera en años —les digo.

—En años no, pero en meses, y vivimos en la misma ciudad —dice mi madre.

—Anda, vamos a sentarnos mientras se termina la comida —dice mi padre.

Mi madre nos prepara un picoteo y nos sentamos los tres en el salón.

—¿Y qué tal te va el bar, hijo?

—Bien, papá, la verdad que no me puedo quejar —le digo.

—¿Y qué tal vas de novias? —me pregunta mi madre.

—Yo no tengo novias, mamá, solo amigas.

—Pero, hijo, que ya tienes una edad y me gustaría verte con mujer e hijos. Mira tu amigo Cristian, lo bien que está —me dice ella.

—Eso no es para mí, yo prefiero estar libre y no tener que estar dando explicaciones a nadie. Eso no va conmigo.

—Venga, mujer, déjalo ya, no lo agobies con lo de siempre —le dice mi padre.

—No es lo de siempre, simplemente me gustaría verlo con pareja, y por qué no, quiero ser abuela, que, a este paso, voy a ser bisabuela antes que abuela.

Nos reímos los tres.

Después de comer y tomarnos el café, decido irme a casa, descansar un rato, porque está noche tengo que trabajar.

Me preparo algo rápido de cenar, y sobre las once ya estoy en el local. Todavía está la cosa tranquila, pero en nada ya está a rebosar y entonces me voy a la barra para echar una mano a mis camareros.

Inconscientemente, busco con la mirada a la chica menuda y dulce de anoche. Pero nada, no está; la que sí está es su amiga acompañada de un chico.

Me acerco a ellos y los saludo.

—Hola, Merche, ¿qué tal? —le digo.

Ella me saluda dándome dos besos y me presenta a su acompañante. Los invito a una copa y, como quien no quiere la cosa, le pregunto por su amiga:

—Ella no es de mucho salir, Lucas, a ella le van otras cosas —me dice y me deja extrañado.

—¿Otras cosas?, ¿como qué? —le pregunto.

—Pues le encanta leer, las películas románticas, pasear; este ambiente no es el suyo —me dice.

Joder, totalmente lo opuesto a mí.

—Bueno, chicos, os dejo, voy a echar una mano en la barra —me despido de ellos y sigo con lo mío.

Estoy pensando en Mara, cuando se me acerca una morena y me pide una copa. Se la pongo y me pongo otra para mí. En nada estamos entrando en mi despacho. Es a esto a lo que estoy acostumbrado, joder, a follar cada día con una distinta.

La pena que Mara se me escapó anoche.

Joder, pero por qué no me la puedo sacar de la cabeza. La morena, que no sé ni cómo se llama, sale de mi despacho y yo me dejo caer en el sillón. Ni el polvo que acabo de echar hace que me olvide de Mara. Echo un vistazo por las cámaras y ya veo que se va vaciando el local. Así que salgo de mi despacho y lo cierro con llave. Me despido de los chicos hasta mañana. Me voy a casa y, tras ducharme, me meto en la cama. Pienso en lo que Merche ha dicho de Mara, que ese no era su ambiente, pero si es una chica muy joven, cómo no le va a gustar salir por las noches a divertirse.

No sé, la verdad, me intriga. Pero lo que sí sé es que no puedo sacármela de la cabeza. Me levanto el domingo al mediodía y me preparo un sándwich para comer; no tengo ganas de prepararme nada, con eso me vale.

Mi madre me llama por teléfono y me dice que, como el domingo que viene es su cumpleaños, me espera en casa para comer. Le digo que sí, que claro que iré, y me acuesto otra vez. Cuando me levanto son las nueve de la noche y, después de ducharme y cenar algo, salgo de casa para ir al local.

Al ser domingo, la cosa está tranquila. Mejor, así hoy no salgo del despacho.

Como hoy terminaré temprano, mañana cuando me levante iré a comprarle el regalo a mi madre, así ya me lo quito de en medio y me quedo tranquilo.

Joder. Me sorprendo a mí mismo mirando por las cámaras, esperando verla entrar. Estoy obsesionado, pero, la verdad, me encantó besarla, y sentirla encima de mí fue brutal. Nada que ver como cuando estoy con otras mujeres. No sé si será por la dulzura que desprende, esos ojos que me hechizaron, no sé, lo único que sé es que estoy esperando verla y sé que no va a aparecer.

Ya me lo dijo su amiga, este no es su ambiente.

# Capítulo 5
# Mara

El lunes comienza temprano para mí. Dejo al niño en el colegio y me voy para la tienda. La mañana pasa tranquila y sobre la una del mediodía me quedo de piedra al ver a Lucas entrar en la tienda. Él se sorprende igualmente al verme y se me acerca.

—Hola, fugitiva —me dice con ironía.

—Hola —le respondo fríamente—. ¿Puedo ayudarte en algo?

—Pues mira, sí, necesito un regalo para una mujer muy especial para mí —me dice.

Me molesta, me molesta mucho lo que me dice, ya me estoy imaginando que será para su novia o para esa chica con la que se lio la otra noche. Y ahora que lo pienso, qué pasa, que no hay otra tienda en la ciudad, que tanto él como su amiguita han tenido que aparecer por aquí.

—Mara, ¿estás bien?

—Sí, perdona, estaba distraída. Bueno, pues dime. ¿Algún perfume, bolso, maquillaje, algún otro complemento?

—Pues creo que un perfume. Recomiéndame uno —me dice él.

Nos vamos a la zona de los perfumes y colonias y entonces le recomiendo uno carísimo, pero claro, a él eso le da igual.

—En esta zona están los más accesibles, por si quieres echarle un ojo —le digo.

—No, no, este está perfecto, quiero lo mejor para ella —me dice con toda su caradura.

Lo llevo a la zona de la caja y veo que se para a hablar con Merche. Ella me guiña un ojo y me dice que se va al almacén. «Muy bien, hija, justo lo que necesito», pienso para mí.

—¿Te lo envuelvo para regalo entonces? —le pregunto nerviosa.

—Sí, por favor. —Y me da la tarjeta de crédito.

Estoy nerviosa y me tiemblan las manos.

—No has vuelto por el bar —me dice.

—No, la verdad aquel no es mi ambiente.

—¿Y cuál es tu ambiente? —me pregunta.

—Me gusta quedarme en casa leyendo algún libro, ir al cine, pasear

—Entonces, si te invito un día a cenar, ¿qué me dirías? —me pregunta de nuevo.

—Que mejor invites a la chica con la que te enrollaste el viernes, que seguro que acepta encantada. —No me he podido aguantar y se lo he tenido que soltar.

Me mira sorprendido y, entonces, el muy…

—Qué pasa, ¿te molestó?

Será cretino.

—Ja —me echo a reír—. Pero quién te crees que eres, a mí lo que tú hagas me la trae al pairo —le contesto.

—Pues no lo parece, pero vamos, que yo sí me quedé con ganas de más. Si tú quieres, podemos terminar lo que empezamos en mi despacho —me dice el muy caradura.

—No, gracias por tu ofrecimiento, pero no. —Termino de envolver el perfume y lo guardo en una bolsa, que le doy—. Toma espero que le guste mucho a esa mujer tan especial.

Él lo coge, me mira.

—Gracias. Sí, seguro que le gusta. Adiós, Mara, ya nos veremos entonces.

—O no —le contesto.

Estoy molesta, me ha dado mucha rabia saber que hay alguien en su vida, sobre todo porque el muy cabrón la otra noche bien que me comía la boca a mí.

—¿Ya se ha ido Lucas? —me pregunta Merche.

—Sí, ya se ha ido —le contesto de malas.

—¿Qué te ocurre? ¿Estás bien?

—Sí, claro, por qué no iba a estarlo —le digo de malos modos.

—Bueno, tú misma. Ah, otra cosa, Lucas me ha dicho que el sábado hace una fiesta en el bar, y nos ha invitado, me ha dicho que te lo dijera.

—Vale, pues ya me lo has dicho, pero no, gracias, prefiero quedarme en casa.

—Tía, en serio, no sé qué coño tienes, pero no hay quien te aguante —y se va.

Voy terminando mi turno y me dirijo donde está Merche.

—Merche, me voy. Otra cosa, perdona por hablarte mal antes, ¿vale?, pero si te digo la verdad, me ha molestado el saber que Lucas tiene una persona especial en su vida, y que el viernes, si no lo paro yo, terminamos haciéndolo en su despacho. Joder, me duele que juegue así conmigo. Y encima se atreve a invitarme a cenar, pero qué coño se cree el tío este, joder —le digo a Merche.

—A ver, Mara. No sé de dónde te sacas que Lucas tiene alguien especial en su vida, se ve que es un tío que está con una y con otra, eso no te lo voy a negar, porque se le ve de lejos. ¿Pero algo así como novia? No, te lo digo yo —me dice.

—Pues a mí me ha dicho que el regalo era para una mujer muy especial para él —le cuento.

—Ah, es eso. No, amiga, te ha molestado que le haga un regalo a una mujer, eh. Ay, Mara, ese regalo es para su madre; cuando ha venido a saludarme me lo ha dicho —me quedo con cara de tonta.

—Y por qué a mí no me lo ha dicho, el muy gilipollas —le digo enfadada.

—Pues porque es muy evidente que te ha molestado y él se ha dado cuenta y ha querido ponerte un poquito celosa —me dice Merche riendo.

—Pues no sé por qué me tengo que poner yo celosa. No dices más que tonterías, Merche. Me voy, que tengo que recoger a Enzo, ya hablamos —le digo yo.

—Vale, piénsate lo del sábado, vale, y dale un beso a mi sobrino de mi parte.

Me despido de ella y salgo de la tienda directa para el colegio.

No dejo de pensar en Lucas. Será…, el muy idiota se ha reído de mí en toda mi cara. Llego al colegio, recojo al niño y nos vamos a casa.

—Hola, mamá —la saludo, está en la cocina.

—Hola, vidas —nos dice al niño y a mí—. Venga, lavaos las manos y poned la mesa, que papá está ya al venir —nos dice.

En cuanto viene mi padre nos sentamos a la mesa a comer, hablamos de cómo nos ha ido el día, y mi padre nos dice que ha quedado con mis tíos para ir el fin de semana al pueblo y que se llevan al niño. Mi niño en seguida se pone como loco de contento, le encanta ir al pueblo porque mi tío tiene muchos animales y a él le encantan.

Así que nada, el fin de semana me quedo en casa sola, lo aprovecharé para descansar y ya.

La semana pasa volando y el viernes aparece por la tienda Lucas otra vez.

—Buenos días, Mara, qué alegría verte de nuevo —me dice sonriendo.

Joder, es verlo y ponerme nerviosa. Es como estar delante de un modelo de esos que salen en los anuncios de perfumes. Cómo se puede estar tan bueno.

—Hola, Lucas, ¿a por otro regalo? —le pregunto con sorna.

—Pues mira, sí, es el cumpleaños de otra amiga y, como aquí tenéis cosas muy chulas —me dice el caradura.

—¿Otro perfume? —le pregunto.

—No, esta vez prefiero llevarme un bolso.

Lo llevo a la zona de los bolsos y complementos y se decide por uno de marca. Este tío tiene que tener mucho dinero, porque no mira el precio y siempre se va a lo más caro. Se lo envuelvo y me pasa la tarjeta de crédito para que le cobre.

—Bueno, el otro día le dije a Merche que el sábado hago una fiesta en el local. Te animarás a venir, ¿no? —me pregunta.

Como me da mucha rabia de que se riera de mí el otro día, y encima hoy viene a por otro regalito, decido que voy a pagarle con la misma moneda.

—Pues mira, sí, me lo he pensado mejor y voy a ir. ¿Puedo llevar acompañante?

—Claro, puedes llevar a cualquier amiga si quieres —me dice.

Le doy el bolso envuelto y la tarjeta con el recibo.

—Gracias, nos vemos mañana entonces —le digo.

Él sale de la tienda y yo me quedo pensando. Ya sé a quien voy a llamar para que me acompañe mañana a la fiesta; este se va a enterar, de mí no se ríe más.

# Capítulo 6
## Lucas

El sábado a las once de la noche ya estoy en el bar supervisando todo. La gente está empezando a aparecer y estoy nervioso, ansioso por verla llegar. La verdad me sorprendo hasta yo de cómo estoy, nunca me había pasado esto con ninguna mujer. Pero yo no sé si es porque Mara me lo pone difícil o yo qué sé, pero está situación me mosquea bastante, no me gusta estar así por ninguna mujer.

—Hola, Lucas.

Me giro y es Merche con unas amigas.

—Hola. —Le doy dos besos. Miro por alrededor y no la veo.

—Oye, esto está muy bien, eh —me dice Merche.

—Pues sí, la verdad, y mira que todavía es pronto. —«Joder, seguro que no viene»—. Oye, Merche, y Mara, ¿al final no viene? —le pregunto.

—Sí, ahora entra, está esperando a su acompañante —me dice ella.

No sé, pero no me gusta nada el tonito que ha usado. Miro hacia la puerta nervioso y la veo entrar; viene con un chico que la trae agarrada de la cintura. Me cago en la puta, joder. Me doy media vuelta furioso y me voy al despacho sin despedirme de nadie.

Entro en el despacho y del portazo que doy al cerrar la puerta por poco no la descuelgo, estoy muy cabreado. Me siento y me pongo delante de los monitores. Ahí están.

El puto tío es un lapa, no la suelta ni a la de tres; se están riendo y bailando. Joder, el cabrón le acaba de dar un beso en el cuello.

Me cago en su puta madre. Voy al minibar y me pongo una copa, la necesito para seguir bien la noche.

No dejo de observarla por los monitores y veo que le dice algo al oído al tipo ese y ella se va directa a los baños. Es mi oportunidad.

Me dirijo a los baños y para mi buena suerte está vacío. Entro. Me da igual que sea el de chicas.

—Ey, qué haces. ¿Estás loco? —me dice sorprendida.

—Y tú qué. El viernes pasado, rozándote conmigo como gata en celo, y hoy con otro que te come el cuello —se lo suelto así, como si nada.

No lo vi venir, me dio una bofetada que me hizo girar la cabeza.

—Quién te crees que eres para hablarme de ese modo, idiota, ¿acaso soy algo tuyo y no me he enterado? —me dice, y la veo que tiene lágrimas en los ojos.

Trata de salir del baño, pero la agarro por el brazo y nos metemos en uno de los cubículos.

—Qué haces. Suéltame, joder —me grita furiosa.

—Ni lo sueñes, guapa, me vas a escuchar —le contesto.

—¿Y crees que tengo algún interés en escucharte, después de decirme puta en mi cara? —Trata de no derramar ninguna lágrima.

—No te he llamado puta —le digo furioso.

—¿Ah, no? Me has dicho que me rozaba contigo como gata en celo. Cómo llamas a eso. Mira, será mejor que lo dejemos así, porque la estás cagando cada vez más —me dice furiosa.

—Espera, por favor. Vale, me he pasado con decirte eso, lo reconozco, perdóname, pero te he visto aparecer con ese tío y me he puesto celoso, joder.

Según voy diciendo, me sorprendo yo mismo. Qué coño me pasa, joder. La miro, está mirando al suelo, le pongo los dedos en la barbilla y le levanto la cabeza. La miro a esos ojos que me tienen loco y no puedo callarme.

—Mira, Mara, me gustas, vale, y cuando estuvimos el otro día en mi despacho me gustó demasiado, no puedo sacarte de mi cabeza. Luego saliste espantada y me dejaste todo desconcertado, no entiendo nada —le digo serio.

—Pues para quedarte desconcertado, tardaste bien poco en encontrar a otra para que terminara el trabajo —me dice.

—Vale, me lo merezco. Te propongo algo, vamos a hacer como si el viernes pasado no hubiera existido. Cuando te digo que me gustas soy totalmente sincero, y me gustaría que pudiéramos conocernos —le digo.

—Mira, Lucas, como veo que eres sincero, yo también lo voy a ser. Tú también me gustas, si no, ten por seguro que el viernes pasado no me habría enrollado contigo. Por mucho que te sorprendas, no me voy frotando con tíos a la primera de cambio, no soy ese tipo de chicas. —Veo que baja su mirada—. Pero tú y yo somos muy diferentes, a ti te gusta la noche, divertirte con una y mañana con otra, este es tu mundo y lo entiendo, pero yo no soy ese tipo de chicas, soy totalmente opuesta a ti, y aunque me gustas y mucho, no me puedo permitir tener nada contigo, sé que al final terminaré sufriendo, y no me puedo permitir eso, ni por mí ni por mi… —se queda callada.

La miro extrañado, sé que me oculta algo. Joder, acaba de decirme que le gusto. Entonces, por qué no podemos pasar un buen rato.

—Está bien, será como tú quieras, pero desde ya te digo que no me doy por vencido tan fácilmente, y tú me gustas de verdad, voy a conquistarte, me cueste lo que me cueste —le digo.

Abro la puerta y salgo del baño, dejándola dentro. Me voy a mi despacho, pero tengo que relajarme, además tengo un calentón importante; es verla y empalmarme de seguida, tengo que tranquilizarme. Se me viene a la cabeza una idea y salgo directo donde están sus amigos.

—Ey, chicos, mañana tengo una fiesta de cumpleaños de una persona muy especial, me gustaría que vinierais, vale. A ella le gusta mucho conocer gente nueva y estará encantada de conoceros a todos. Pasaremos una buena tarde. Toma, Merche, te dejo a ti encargada de que vayan todos. —Le doy una tarjeta con la dirección de mis padres—. Me voy.

Mañana, espero que mañana aparezca por allí para poder seguir con mi plan de seducción. Mara me gusta demasiado y no pararé hasta terminar enterrado entre sus piernas.

# Capítulo 7
## Mara

Para la fiesta del sábado, hablo con mi primo Dani y le cuento lo que quiero que haga. En seguida me dice que sí, que eso le viene muy bien para practicar, ya que está estudiando Arte Dramático.

Quedo con él a las once de la noche. Me voy a duchar y, cuando salgo, abro mi armario, me decido por un mono negro que me estiliza mucho, sandalias con un poco de tacón y listo. Para el maquillaje, algo de rímel para resaltar bien mis ojos y algo de gloss en los labios y poco más. Me pongo un poco de mi perfume favorito y lista.

El pelo ya es otra cosa. Como lo tengo un poco rebelde, lo que hago es que me paso la plancha y me lo dejo suelto. Ya estoy lista para la fiesta. Me llega un wasap de Merche y me dice que me está esperando abajo.

Cuando salgo del portal me encuentro con Adrián.

—Madre mía, Mara, dónde vas así de guapa. —Me agarra de la cintura y me acerca demasiado a él. Me da un beso en la comisura de mis labios.

—Ey, para el carro, Adri. Voy a una fiesta con Merche —le digo.

—Joder, pues vas que lo rompes, nena. Mucho cuidado con los corazones que romperás por ahí —me dice, y me separo de él.

—Bueno, te tengo que dejar, que Merche me está esperando en el coche. Ya nos vemos, Adri. —Le doy un beso en la mejilla y me voy.

Llegamos al bar y espero en la puerta a que llegue mi primo. Merche y las demás deciden entrar. En nada, cinco minutos, lo veo venir. Está guapísimo, la verdad es un hombre que llama la atención y varias chicas que están por aquí se vuelven a mirarlo, pero nada, chicas, con él no tenéis nada que hacer, mi primo juega en otra liga.

Entramos en el local y de seguida veo a Lucas, está con Merche y las demás. Me ve y, cuando se da cuenta de que Dani me lleva agarrada de la cintura, le cambia la cara, se da la vuelta y desaparece por uno de los pasillos.

Mi primo se mete demasiado en el papel y se me acerca demasiado al cuello y comienza a dejarme besitos por la zona. Al rato, necesito ir al baño y al entrar me sorprendo ver a Lucas entrar detrás de mí. Me lleva a uno de los cubículos y, después de discutir con él, porque me reclama que haya ido acompañada por un hombre, me dice que le gusto y que no va a parar hasta conquistarme. Sale del baño y me deja allí pensando en todo lo que ha pasado.

Cuando salgo y voy donde están mis amigos, Merche me dice que Lucas nos ha invitado al día siguiente al cumpleaños de una amiga. Mis amigas dicen todas de ir, yo no lo veo del todo claro, pero le digo a mi primo si estaría dispuesto a acompañarme y, al decirme que sí, me decido entonces que también iré.

Al día siguiente, a eso de las cinco de la tarde, estamos llegando a una de las zonas más caras de la ciudad. Al final solo hemos venido Merche, mi primo y yo. Vaya pedazo de casa. Al llegar, llamamos a un timbre y nos abren la reja. Entramos con el coche. De seguida, un hombre vestido de negro nos dice donde aparcar.

La casa es enorme, rodeada por césped por todas partes y vemos una enorme piscina al fondo. Madre mía.

—Vaya tela, hija —me dice Merche—. Pedazo de chocita que se gastan los padres de Lucas —me dice mi amiga.

—Ya ves, pero desde ya te digo que está gente problemas para llegar a fin de mes no tienen —le digo a mi amiga y nos echamos a reír.

Mi primo se me acerca y pone su brazo sobre mi hombro. Tenemos que seguir con nuestro plan.

Vemos a Lucas acercarse a nosotros. Dios, está tremendo, lleva unos vaqueros rotos y una camiseta que se le pega al pecho. Joder, si parece modelo. Viene con una señora muy guapa al lado, superelegante.

—Hola, chicos, por fin habéis venido —nos dice Lucas y no me quita ojo—. Bueno, os voy a presentar a mi madre, ella es la cumpleañera. Se llama Emilia, y es la persona más importante de mi vida. Madre, ellas son Mara y Merche, y él es…

—Dani. Es mi primo —les digo, y veo como Lucas me mira con ganas de decirme más de una cosa, pero él empezó con este juego al ocultarme que los regalos eran para su madre—. Señora, como no conocemos sus gustos, le hemos traído este detalle por su cumpleaños. —Le doy una bandeja con pasteles.

—Gracias por el detalle, no deberíais haberos molestado. Me encanta conocer a los amigos de mi hijo, y vosotros me gustáis mucho, estáis en vuestra casa. Ahora vamos, que os presento al resto de la familia —nos dice Emilia.

Emilia se pone a mi lado y me agarra del brazo. Lucas se pone del otro lado y se agacha un poco para decirme en el oído:

—Te habrás divertido haciéndome creer que tu primo es tu chico, ¿no? Me las vas a pagar —me dice, y se me eriza el vello al notar su cálido aliento tan ceca de mí.

Emilia nos presenta a su marido, Manuel, y al resto de la familia. Me gusta el Lucas que estoy viendo, cariñoso con su familia, jugando con los más pequeños de la casa. Es tan distinto al Lucas de por las noches.

Me entero de que el padre de Lucas es abogado y que tiene su propio bufete, y su madre es jefa de pediatría en el hospital. ¡Puf! Claro, normal que tengan está casa. Mis amigos y yo estamos flipando. Acostumbrados a nuestros pisitos de setenta metros de protección oficial, vemos un casoplón como este y claro, así estamos.

Estoy pensando en todo y en nada, cuando noto que me cogen de la mano y tiran de mí. Lucas. Me lleva dentro de la casa y subimos a la parte de arriba. Se para delante de una puerta, la abre y me hace entrar. La habitación es juvenil, hay pósteres colgados en las paredes, fotos y, encima de la cama, bufandas de equipos de futbol.

—Anoche te reirías de mí a base de bien, ¿no? —me dice Lucas.

—No. Por qué lo dices —le contesto.

Veo que se me acerca y me tiemblan las piernas, parece un felino cuando ve a su presa. Me pone una mano en la cintura y la otra en mi nuca, me acerca a él y entonces me besa. Y cómo besa. Besos así deberían estar prohibidos.

Empezamos a devorarnos, nuestras lenguas se encuentran y se enredan, nuestros dientes chocan entre sí, nos da igual, no paramos. Me lleva de espaldas a la cama, una vez ahí, con cuidado, me tumba sobre ella y él se coloca encima de mí. Comenzamos a quitarnos la ropa, él me quita la camiseta por encima de la cabeza y me ayuda a quitarle la suya. Me acaricia los pechos por encima del sujetador.

—Mara, joder, eres perfecta —me dice con voz ronca.

Yo bajo las manos hasta la bragueta, y comienzo a bajarle los pantalones; él me ayuda y se los baja hasta los tobillos. Mi mano parece que tiene vida propia y comienza a acariciarlo por encima del bóxer.

Gruñe, gruñe y jadea al notar como le acaricio el pene. Está duro como una piedra.

—Joder, me vuelves loco.

Entonces, me agarra las manos y me las pone por encima de la cabeza.

Me hace abrir más las piernas y se las coloco alrededor de sus caderas. Entonces noto su dureza en el centro de mi cuerpo. Comienza a moverse y solo se escucha el sonido de nuestros jadeos. Dios, con su boca me muerde con cuidado los pezones y entonces creo que me volveré loca de placer.

—O paramos o no voy a poder contenerme —me dice jadeando en el oído.

Lo miro y sé que está haciendo un esfuerzo enorme por parar. Lo beso despacio.

—Será mejor que bajemos, se estarán preguntando dónde estamos —le digo yo.

—Sí, es lo mejor. —Me da un piquito y se me quita de encima. Se sube los pantalones y me da mi camiseta.

Me acerco al espejo para ponerme bien el pelo, y veo una foto de él graduándose.

—¿Fuiste a la universidad? —le pregunto.

—Sí, soy abogado, pero no ejerzo. Me gusta más ser empresario. Mi padre quiere que, una vez que se jubile, yo tome su lugar, pero eso no es lo mío —me dice.

—Pues eso no es mala idea. ¿Vas a estar toda la vida trabajando en la noche?

—Pues no sé, por ahora estoy bien así, es lo que me gusta —me responde.

En ese momento me doy cuenta de que lo nuestro es imposible, él no quiere horarios, ni responsabilidades, ni nada de eso. Y a mí por un momento se me había olvidado que tengo un hijo y que tengo que pensar en él.

—Bueno, mejor bajo ya, se está haciendo tarde y me tengo que ir.

Me agarra del brazo.

—¿Estás bien? ¿He hecho algo que te haya molestado? —me dice preocupado.

—No, nada, pero me acabo de acordar de algo importante y me tengo que ir. —Salgo de la habitación rápido y lo dejo atrás.

Busco a Merche y Dani y les digo de irnos. Mi primo de seguida se levanta y me dice si estoy bien.

—Sí, Dani, pero me quiero ir ya, mis padres habrán llegado y tengo ganas de ver a Enzo —le digo.

Voy donde se encuentra los padres de Lucas para despedirnos, les agradecemos su hospitalidad.

—Mara, hija, cuando queráis, podéis venir a vernos, nos gustaría mucho que nos visitarais de vez en cuando. Los amigos de mi hijo siempre son bienvenidos en nuestra casa y más si sois vosotros —nos dice Emilia.

Veo aparecer a Lucas con cara de pocos amigos y no me despido de él.

Nos metemos en el coche de Merche y vamos directos a nuestro barrio. Cuando llego a casa, me voy directa a la ducha, lo necesito. Me duele pensar que hay demasiadas cosas que nos separan y yo encima tampoco ayudo, ya que le estoy ocultando lo más importante de mi vida, mi hijo. Lo que no sé es por qué no le he hablado de Enzo. Bueno, sí, porque sé que pegará la estampida cuando se entere; él es un alma libre y le gusta su vida tal y como es, sin ataduras. Ni mi hijo ni yo tenemos cabida en ella.

# Capítulo 8
# Lucas/Mara

A la mañana siguiente, temprano, voy a la tienda para ver a Mara. Después de lo que pasó con ella en casa de mis padres, tengo que hablar con ella. En el fondo sé que somos muy diferentes, pero, joder, por lo menos podríamos darnos una oportunidad. Ella me gusta mucho y yo estoy dispuesto a intentarlo, sobre todo porque, desde la primera vez que la vi, estoy deseando enterrarme en ella.

Entro en la tienda y no la veo, a la que sí veo es a Merche, así que voy donde está.

—Hola, Merche, qué tal estás.

Nos damos dos besos.

—Aquí, empezando la semana con mucho trabajo —me contesta.

—Y Mara, no la veo —le digo como quien no quiere la cosa.

Veo que Merche duda por un momento.

—Ella no ha venido a trabajar, está enferma.

—¿Qué le pasa?

—No me ha explicado mucho, la verdad, solo que no se encontraba bien, es todo lo que te puedo decir —me dice Merche.

Claramente no me creo ni una palabra de lo que me dice.

—¿Me podrías dar su número de teléfono? —lo intento de nuevo.

—Lo siento, Lucas, pero yo no soy nadie para darte su número, si ella no lo ha hecho aún —me contesta.

Me doy cuenta de que no tengo nada que hacer, así que decido irme.

—Bueno, pues nada entonces. Nos vemos, Merche —le digo.

Me da dos besos y nos despedimos. Me voy a mi casa. Joder, no sé cómo dar con ella, todo es tan misterioso cuando se trata de Mara. No sé lo que me esconde, pero algo oculta. La tarde la paso en casa sin poder quitármela de la cabeza.


Mi niño pasa la noche regular, intranquilo y con algo de fiebre. Mis padres y yo llevamos toda la noche sin dormir, pendientes de él, pero, cuando comienza a llorar quejándose de que le duele la barriga, salimos corriendo al hospital. Llegamos y, mientras mis padres dan los datos del niño, una enfermera me hace entrar con mi pequeño en una consulta. El doctor de seguida empieza con la exploración.

De pronto se abre la puerta y aparece por ahí Emilia, la madre de Lucas.

—Mara, ¿qué haces aquí? —me dice sorprendida.

—Emilia —me acerco a ella y la abrazo—, es mi hijo, y no se encuentra bien —le digo con lágrimas en los ojos.

—Venga, venga, tranquila. Vamos a esperar a que el doctor Velázquez termine la exploración y nos diga. —Me da la mano y esperamos que termine el doctor.

La verdad que ver a Emilia aquí me tranquiliza mucho. En eso que llaman a la puerta. Son mis padres, que ya han dado los datos del niño y estaban preocupados. Les presento a Emilia y esperamos los cuatro.

El doctor termina y nos dice que hay que operar a Enzo. Tiene apendicitis y hay que operar antes de que se complique la cosa. Comienzo a llorar. Entre todos me tranquilizan y Emilia me dice que estará en quirófano y que irá todo bien; es una operación sencilla.

Le ponen a mi niño un calmante y lo pasan a una habitación. Ya al verlo mejor, sin dolor, me tranquilizo. Emilia me dice que me va a traer los consentimientos para que los firme. Sale y me quedo con mis padres en la habitación, junto a él. En cuanto los firme, lo llevarán a operar. Lo miro y me encantaría cambiarme por él, no quiero que sufra dolor ninguno, es tan pequeño, tan indefenso que se me parte el alma al verlo así. Emilia llega y les firmo los consentimientos. El celador está con ella. Le doy un beso a mi pequeño y salimos de la habitación. Vamos a la zona de quirófanos y mis padres y yo esperamos a que llegue Emilia con mi niño.

—Despedíos de él, que en nada está como nuevo —nos dice Emilia.

Beso a mi niño, le digo que lo espero fuera, y mis padres se acercan y lo besan. Lo meten para dentro y Emilia nos dice que nos mantendrá informados. Se lo agradezco y veo como entra en la zona de quirófano.

Me siento junto con mis padres, se me va a hacer eterno.


Después de comer, me echo en el sofá. Me suena el móvil y es mi madre.

—Hola, madre, ¿qué tal estás? —le digo.

—Bien, hijo, aquí, a punto de entrar a operar —me dice—. Oye, hijo, por cierto, ¿sabías que Mara está aquí? —me dice.

Dios, lo que me entra por el cuerpo. Me levanto del sofá nervioso y comienzo a dar vueltas por el salón.

—Joder. ¿Cómo que está ahí, mamá? ¿Qué es lo que le pasa? —pregunto nervioso.

—Tranquilo, hijo. Ella está bien, el que está enfermo es su hijito —me dice.

Me quedo quieto en el sitio, sin moverme. ¿He escuchado bien? Mara con un hijo. No me salen las palabras.

—Lucas, cariño, ¿estás bien? —me dice mi madre.

—Sí, sí —logro decirle.

—Mamá, ¿es seguro su hijo? —Es que no puedo creerlo.

—¿Es que no lo sabías? Lucas, es tu amiga, ¿y no sabías que tiene un hijo de tres años? —me dice sorprendida.

—Pues no, no lo sabía, madre. Sabía que me ocultaba algo, pero un hijo, eso no me lo podía imaginar.

Me cuenta que el niño ha llegado al hospital con un ataque de apendicitis y que lo operaran en unos momentos. También me dice que Mara lo está pasando muy mal y que tanto ella como sus padres no se mueven del lado del pequeño. Me da el número de habitación y me dice que se va a operarlo.

Me siento. Es que no puedo reaccionar a lo que me ha contado mi madre.


No sé cuánto tiempo estamos esperando, a mí se me está haciendo eterna la espera. De pronto sale Emilia con el doctor Velázquez y nos explican que la operación ha ido muy bien, que unos cuantos días de reposo y en nada estará como nuevo. Tanto mis padres como yo se lo agradecemos a los dos. El doctor se despide de nosotros.

—Mara, cariño, el niño está bien, en un rato, cuando despierte de la anestesia, lo pasarán a la habitación, y lo que te hemos dicho, en unos días estará como siempre —me dice Emilia.

Tanto mis padres como yo le damos las gracias a Emilia veinte veces. Ella nos acompaña a la habitación, allí esperamos a que traigan a Enzo. Me siento ya más tranquila, pero de pronto me doy cuenta de que Lucas ya debe saber de la existencia de Enzo, porque Emilia ya se lo habrá contado.


Desde que mi madre me dijo lo de Mara, estoy que no me aguanto ni yo. Decido irme al bar, tengo que tener la mente ocupada y allí tengo trabajo pendiente.

Me pongo de lleno a hacer pedidos, preparar los pagos y contesto varios correos pendientes. Cuando me quiero dar cuenta son las dos de la mañana. Llaman a la puerta de mi despacho. Me levanto y abro. Es Nerea.

—Hola, amor, ¿quieres compañía?

Sin decir nada, le pongo la mano en la nuca y la acerco bruscamente a mí, la beso bruscamente; ella de seguida me acoge gustosamente.

—Nerea, necesito olvidar, hazme olvidar, por favor —le suplico.

Ella de seguida se pone de rodillas, me desabrocha el pantalón y los baja con el bóxer hasta la mitad de mis piernas.

—Voy a comerte la polla, amor, y quiero que te corras en mi boca —me dice.

Joder, y si algo sabe Nerea es de comer pollas, tiene un máster en la materia.

Le pongo las manos en la cabeza y comienzo a embestirle la boca. Se la meto hasta lo más profundo de la garganta, sin miramientos, con brusquedad, pero es lo que necesito y ella me lo da gustosa. En nada me corro en su boca, la lleno con mi simiente hasta que se lo traga todo. La ayudo a levantarse, me pongo los pantalones y la beso.

La cojo y la siento en mi mesa, le subo la falda hasta la cintura y le rompo el minúsculo tanga que lleva. Le abro las piernas y le planto mi boca en su sexo. Comienzo a lamerle toda su abertura y con dos dedos la comienzo a masturbar. Ella gime, grita muy fuerte. Entonces, con la punta de la lengua le doy toques en el clítoris. Noto que se va a correr rápido así que le introduzco un dedo más y no paro de comérselo hasta que explota en mi boca. Me levanto y me limpio la boca con el dorso de mi mano.

—Déjame decirte, amor, que practicando sexo oral eres único —me dice.

Se levanta de mi mesa y se recoloca la ropa, bueno, por lo menos me he olvidado por un rato del engaño de Mara. Nerea se despide de mí con un beso en los labios.

Decido irme a casa, mañana temprano pienso ir al hospital y aclarar las cosas.


La noche la paso al lado de mi hijo. Mis padres se fueron anoche una vez que lo pasaron a planta. La verdad, estoy más tranquila, mi niño ha pasado la noche superbién, sin fiebre y muy tranquilito. Estoy pensando en mis cosas cuando se abre la puerta y aparece Lucas, y yo que lo esperaba.

Me mira y no habla, sus ojos me miran y miran a mi hijo, se le ve enfadado y en el fondo lo entiendo. No he sido honesta con él.

—Tan poco importante es para ti tu hijo que me lo has tenido que ocultar.

Dios, lo que me entra por el cuerpo. Los ojos comienzan a picarme. Me levanto y las piernas me fallan, y sus palabras me duelen demasiado.

—Qué clase de monstruo te crees que soy como para no decirme que tienes un hijo. Qué te crees que iba a hacer. A ver, yo lo único que quería de ti era que pasáramos un buen rato juntos, unos cuantos polvos y ya está, solo eso, ni quiero casarme contigo, ni mucho menos ser un padre para tu hijo. Sabía que me ocultabas algo, pero esto…

Me duele, me duele toda la mierda que está saliendo de su boca. Entiendo que se sienta engañado, pero está siendo demasiado cruel con sus palabras. Me acerco a él y lo cojo por el brazo, lo llevo al fondo de la habitación, no quiero que moleste a mi niño.

—Sí, tengo un hijo, y si no te hablé de él es porque sé que no te importa nada, lo acabas de decir, para ti solo soy un par de polvos. Pero sabes qué, que tú para mí no eres ni eso. Yo no tengo por qué darte explicaciones de mi vida, y que sepas que mi hijo para mí es mi vida, y es lo más importante del mundo, así que en tu vida vuelvas a decirme que mi hijo para mí no es importante.

Ya las lágrimas comienzan a salir sin que yo pueda evitarlo.

—Vale, perdona, no he estado acertado con mis palabras, pero, joder, Mara, yo siempre he sido sincero contigo y te he hablado con la verdad mientras tú te limitabas a calentarme y salir huyendo después.

—Lucas, si reaccioné así las veces que hemos estado juntos fue precisamente por mi hijo. Tú te limitas a decirme que soy una calientabraguetas, y me duele escucharte hablarme así, pero cuando salí de tu despacho y de tu habitación fue porque pensé en mi hijo. No quiero buscarle un padre a mi niño, conmigo tiene bastante, tengo amor de sobra para él, y con mi trabajo, aunque no sea gran cosa, tengo para nuestros gastos. Puedes estar tranquilo, Lucas, en la vida podré verte como padre de mi hijo —le digo mientras me bebo mis lágrimas.

—Tranquila por eso, tampoco tengo interés en ser su padre ni en conocerlo si quiera, y que sepas que es por tu culpa, si hubieras sido sincera de primera hora, la cosa podría ser muy distinta —me dice, y sé que quiere hacerme daño con sus palabras.

—Quiero que te vayas de aquí, Lucas. Si ni siquiera quieres conocerlo, qué coño haces aquí, pidiéndome explicaciones. Mi niño vale mucho y no necesita que nadie que no quiere estar a su lado venga a hablar de él como si no valiera nada. Lo único que quiero que sepas es que, si reaccioné de esa forma cuando estuvimos juntos, fue precisamente porque no quiero que mi hijo cuando crezca crea que su madre es de las que salen y se van con el primero que conoce. Cuando decidí tener a mi hijo, decidí dedicarme en cuerpo y alma a él, y sé que esto que te estoy diciendo te resbalará, pero yo necesitaba decírtelo. Y que te quede claro que yo no busco un padre para mi hijo, ahora sí te digo que ojalá algún día conozca a un hombre que me valore más que para echar un par de polvos, y que no le importe que tenga un hijo, pero claro, he dicho hombre, en todo el sentido de la palabra.

—Pues tú lo has dicho me importa muy poco, porque tu necesidad de hablar llega un poco tarde. Con respecto a tu hijo, espero que se recupere pronto.

En ese momento se abre la puerta y entran mis padres; se sorprenden al ver a Lucas, porque no lo conocen.

—Hija, ¿y quién es este chico? —pregunta mi padre.

—Es Lucas, un amigo, papá, y es hijo de Emilia, la doctora que operó a Enzo. Lucas, ellos son mis padres, Juan y Manuela —le digo nerviosa.

—Encantado de conocerlos —le dice Lucas educadamente—, pero yo ya me iba.

—Vale, hijo. Gracias por venir a ver a mi nieto —le dice.

Lucas sale de la habitación y le digo a mi madre que salgo un momento.

—Lucas —lo llamo. Él se para en medio del pasillo, pero no se gira a verme—. Lo siento, de verdad, sé que no lo he hecho bien contigo, pero ahora, cuando me has dicho todo lo que pensabas, me doy cuenta de que no estaba equivocada, tú solo me verás como un polvo más y yo no puedo hacerlo de esa manera, necesito más y sé que tú no puedes dármelo —le hablo a su espalda.

No me dice nada, echa a andar por el pasillo y yo me quedo hecha polvo y con unas ganas inmensas de llorar, pero ni mis padres ni mi hijo pueden verme mal.

# Capítulo 9
# Mara

Veo a Lucas desaparecer por el pasillo del hospital. Me limpio las lágrimas que caen por mis mejillas y decido que ya es hora de dejar de llorar. Pongo buena cara y entro a la habitación con mi familia. Mi padre está en la cama sentado al lado de mi niño, le está enseñando algo con el móvil; se ríen, son lo mejor que tengo en el mundo y es que son mi mundo. Mi madre se me acerca y me lleva con ella al lado de la ventana.

—Hija, ese chico y tú… —me pregunta dudosa.

—No, mamá. Es un chico que conocí hace unas semanas, ya está. Nos invitó la semana pasada al cumpleaños de su madre y, lo que son las cosas, da la casualidad de que su madre es la jefa de pediatría de este hospital, por eso yo la conocía, pero eso es todo, mamá —le digo.

—No sé, hija, me había dado otra impresión.

Nos acercamos de nuevo donde están nuestros amores y nos reímos con los videos de gatitos que están viendo. En esas estamos cuando entra el doctor Velázquez para ver al niño. Después de hacerle la revisión, nos asegura de que está todo normal y que, si hoy sigue igual, mañana nos podemos ir a casa. Tanto mis padres como yo le agradecemos su atención. Él sale diciendo que solo se limita a hacer su trabajo.

Sobre las doce del mediodía aparece Emilia cargada con un peluche. Le da un beso al niño y le pone el peluche a su lado.

—Acabo de ver al doctor Velázquez y me ha dicho que, si todo sigue igual de bien, mañana podéis iros.

—Sí, estamos muy contentos, Emilia. También agradecerte a ti por lo bien que te has portado con nosotros. Saber que estabas aquí, la verdad, me ha tranquilizado mucho.

—No seas tonta, Mara, eres amiga de mi hijo.

Se ha debido de dar cuenta de la cara que he puesto al nombrar a su hijo porque me dice que vaya con ella a la cafetería.

—Vete tranquila, hija. Emilia, asegúrate, por favor, de que coma algo —le dice mi madre.

—Descuida, Manuela, no se levantará hasta que haya comido algo, de eso me ocupo yo —le dice a mi madre.

Salimos de la habitación directas a la cafetería. Una vez allí, Emilia va a la barra y me dice que me siente. Aparece con dos refrescos y un bocadillo para mí.

—Emilia, no hace falta que te molestes, de verdad —le digo algo avergonzada.

—No es molestia, tienes que comer, Mara, así, mientras tú comes, yo hablo, ¿vale?

La miro extrañada por lo que acaba de decir.

—Sé que mi hijo ha estado aquí, Mara, yo no sabía nada de que no le habías hablado de tu hijo. Cuando ayer lo llamé para avisarlo de que estabas aquí, se sorprendió bastante y entonces me di cuenta de que había metido la pata —me dice apenada.

La miro y puedo ver en sus ojos que está arrepentida.

—No es culpa tuya, Emilia, yo soy la única responsable de todo. No fui sincera con tu hijo y ahora es normal que él esté molesto conmigo —le digo yo.

—Mi hijo es muy cabezota, Mara, pero sé que cuando piense bien las cosas y recapacite, vendrá a ti.

—Hoy, cuando ha venido, me ha dicho cosas muy feas, alguna puede que me las merezca porque él siempre me habló con la verdad, cosa que yo no he hecho, pero también ha dicho cosas que me han dolido en el alma. Tú, como madre, sabes que para nosotras nuestros hijos son lo primero y si yo he actuado de esta manera ha sido por él —le digo a Emilia.

—Mira, Mara, yo no sé qué ha pasado entre mi hijo y tú, pero creo que, sea lo que sea, lo podréis arreglar —me dice convencida.

—Emilia, te voy a ser sincera, entre tu hijo y yo ha habido algo, pero hay algo que nos separa, mi hijo. Lucas me ha dejado bastante claro que lo que le interesa de mí es que echemos tú sabes, como él me dijo, echar un par de polvos —miro a Emilia avergonzada—, y también me dejó bastante claro que no le interesa ser el padre de mi hijo, y te prometo, Emilia, yo no busco un padre para mi hijo, de verdad, pero sí es verdad que por mucho que me pueda gustar tu hijo, si él no acepta a mi niño, yo no podría tener nada con él. Y sí, es verdad que me gusta, pero yo no soy mujer de una noche. Yo necesito tener algo serio con alguien, pero ese alguien primero tiene que querer a mi hijo, y Lucas está muy lejos de lo que quiero —le digo.

—Mira, yo conozco a mi hijo y sé que es un cabra loca, vive en la noche y sé que las mujeres las quiere para lo que las quiere, pero he visto como te mira, y sé que hay algo, Mara, lo sé, y también sé que irá a ti. Confía en mí, en el fondo es un buen chico. Ahí donde lo ves siempre se las ha apañado solo, sin ayuda de nadie. Se sacó la carrera trabajando de noche. Tanto su padre como yo quisimos ayudarlo y no quiso. Estudiaba y trabajaba, y después, cuando montó el bar, igual. Lo que le pierden son las mujeres, pero ya te he dicho que a ti te mira de forma diferente. Sé que no le eres indiferente —me dice convencida.

—Ya lo sé, Emilia, pero yo tengo que pensar en mi hijo —le digo yo.

Me mira a la cara y sé que es sincera en lo que me dice, pero su hijo me ha hecho demasiado daño con sus palabras.

—Creo que las cosas podéis hablarlas. El que tengas un hijo no quiere decir que no podáis estar juntos, no sé...

—Yo te agradezco tus palabras, Emilia, pero no a todo el mundo le gusta tener a su lado el hijo de otro, y Lucas me lo ha dejado muy clarito.

Las lágrimas comienzan a correr por mis mejillas sin que yo pueda evitarlo. Emilia se levanta y se sienta a mi lado, me consuela como puede, pero yo no paro de llorar, creo que lo acontecido las últimas horas me hace explotar ahora.

—Este hijo mío es tonto, de verdad. Espero que cuando recapacite no sea demasiado tarde —me dice acariciándome la cara.

En ese momento la llaman para una urgencia; se despide de mí diciéndome que después se pasará a ver al niño. Llego a la habitación y mis padres y Enzo están viendo la tele, me tumbo en la cama al lado de mi hijo y le doy un abrazo. Necesito sentirlo. Al mediodía, mis padres se van a casa y mi madre me dice que por la tarde viene ella para quedarse con el niño y así yo me voy y duermo en casa. Después de darle el almuerzo a mi pequeño, se queda dormido, y yo no puedo dejar de pensar en Lucas y en todo lo que me ha dicho, ha sido muy cruel conmigo; sé que quería hacerme daño y lo ha conseguido, pero yo sé que me equivoqué con él.

Debería haberle hablado de Enzo desde el principio.

Por la tarde aparece Emilia y, después de hablar un rato y hacernos compañía, me deja su número de teléfono y yo le doy el mío.

—Ahora ya podemos quedar cuando queramos, porque, en cuanto este hombrecito esté recuperado, os quiero en mi casa. Mi marido estará encantado de verte otra vez y está deseando conocer a Enzo.

Le agradezco y le doy un abrazo. Nos despedimos, porque ella se va a casa y ya quedamos en que me llamará para saber de nosotros.

Por la tarde aparecen mi madre y Merche, que, como siempre, se come a besos a mi niño. Le ha traído un cuento de la Patrulla Canina y mi madre se queda enseñándoselo.

A última hora de la tarde, me despido de mi madre y de mi niño. Aprovechando que Merche ha traído el coche, le digo que me tiene que llevar a un sitio.

—¿Dónde quieres que te lleve, Mara? —me pregunta sorprendida.

—Necesito que me dejes en el bar de Lucas. Ha estado aquí y hemos tenido unas palabras un poco desagradables. Él me ha dicho cosas muy feas, pero reconozco que yo no me he portado bien con él, y quiero pedirle perdón por eso, y poder borrarlo de una buena vez de mi vida —le digo.

Aparca en el lateral del local y me dice que me espera, pero yo le digo que no, que ya después me voy en taxi. Me despido de ella. El bar todavía está cerrado, así que llamo a la puerta. Abre uno de los camareros, lo sé porque me suena de las dos veces que he venido.

—Hola, todavía estamos cerrados, hasta por lo menos hora y media no abrimos —me dice.

—Ya, solo quería saber si Lucas está por casualidad —le pregunto.

—Sí, está en su despacho.

Le digo que me deje pasar porque tengo que hablar con él de un asunto urgente. Abre la puerta y se hace a un lado para que pueda pasar. Le doy las gracias al chico y le digo que conozco el camino al despacho.

Está todo tan tranquilo y silencioso, tan distinto a por las noches. Veo que de los baños sale una señora con un carro de limpieza. Me saluda educadamente, le devuelvo el saludo con una sonrisa.

Voy hacia el otro pasillo, al fondo está su despacho y veo que la puerta está entornada, y escucho voces de fondo. Pongo la mano en el pomo de la puerta y abro muy despacio. No puedo creer lo que ven mis ojos: Lucas está de pie, con los pantalones en los tobillos, y hay una chica de rodillas haciéndole una mamada. Él tiene los ojos cerrados y una de sus manos la tiene en la cabeza de la chica.

Me pongo las manos en la boca, pero no he podido evitar soltar un quejido de la impresión.

Entonces, Lucas abre los ojos y se encuentra con los míos. Se retira rápidamente y se sube los pantalones, pero yo ya he echado a correr.

—Mara, espera —lo escucho gritar.

Llego a la puerta y la abro, no miro para atrás. Salgo a la calle y el aire me da en la cara, lo agradezco, porque no sé si es por la imagen que acabo de ver o por la carrera que me he metido, pero agradezco la brisa tan fresca que me roza la piel. Ya cuando llego a la esquina dejo de correr y veo un taxi, lo llamo y, al parar, me monto. Le doy la dirección de mi casa y lo único que quiero es llegar, ducharme e intentar olvidar lo que acabo de ver.

# Capítulo 10
## Lucas

Paso un día de perros, no dejo de pensar en Mara. Sé que me he pasado un huevo con ella y le he dicho cosas muy fuertes, pero es lo que sentía en ese momento. Así que decido irme al bar, necesito dejar de pensar.

Al llegar, ya hay varios camareros poniendo las cosas en orden, también está la señora de la limpieza; los saludo a todos y me meto en mi despacho. En eso estoy cuando llaman a la puerta. Es Jessica, una de mis camareras. Me pregunta que si necesito distraerme y sé perfectamente a lo que se refiere, ya que no es la primera vez.

Me levanto de mi sillón y voy hacia ella, pero ya voy desabrochándome el pantalón.

—Me has leído el pensamiento —le digo.

Ya ella se pone de rodillas delante de mí y me acaricia por encima del bóxer. «Puf, es precisamente esto lo que necesito». Jessica me baja la ropa y entonces coge mi polla y se la mete sin contemplaciones en la boca. Se la mete hasta el fondo. Entonces, yo comienzo a embestirla, le pongo una mano en la cabeza y empujo contra su boca, sin ningún tipo de cuidado y buscando solo mi placer. Estoy absorto en el gusto que me está proporcionando que me sorprendo al escuchar un quejido que ni viene de mí ni de Jessica, el sonido viene de la puerta y me quedo helado al ver allí a Mara. Está con las manos en la boca y los ojos, esos ojos verdes que me encantan, me miran con dolor, con dolor y decepción.

Me recompongo y, cuando salgo a por ella, ya no está. Joder, vuelvo furioso al despacho. Jessica sigue allí.

—Lo siento, Jessi, pero será mejor que lo dejamos aquí —le digo enfadado.

Sale del despacho en silencio, y yo me echo una copa. Me siento en mi sillón, le doy un golpe a la mesa que hace tambalear todo lo que hay sobre ella. Joder, no me gusta lo que he visto en sus ojos. Después de tomarme la copa, me voy a casa. No tengo ánimos de nada, así que me voy y aprovecho para dormir, ya mañana será otro día.

Por la mañana me levanto y estoy fatal, he dormido, pero a ratos, y así estoy ahora, con la cabeza que me va a explotar. Me preparo un café y me tomo una pastilla, me visto y decido ir al hospital. Necesito ver a Mara.

Voy directo a la habitación de su hijo y abro la puerta. Me sorprendo, porque está vacía. Abro la puerta del armario y también está vacío. Entonces pregunto en el mostrador, donde me dicen que esta mañana le dieron el alta al pequeño.

Joder, bueno, supongo que mañana tendrá que ir a trabajar. Así que decido irme a casa y ya mañana iré a buscarla a la tienda.

Cuando llego a casa me echo en el sofá, necesito tranquilidad, pero dura poco porque recibo la visita de mi madre, y por la cara que trae, no viene muy cariñosa, no.

—¿Y tú por aquí, madre? —le digo, aunque ya sé a lo que ha venido.

—He venido a ver a mi hijo, ¿no puedo? Además, tengo que decirte unas cuantas cositas —me dice.

Y yo que no me sorprendo.

—Ayer hablé con Mara, Lucas, y déjame decirte que esperaba más de ti, hijo.

Bueno, ya empieza.

—Ah, sí, ¿y qué esperabas, madre?, ¿que después de que me engañara con algo tan importante como un hijo, yo la perdonara y aceptara a ese hijo como mío? Joder, mamá, que tu hijo soy yo —le digo molesto.

—Ya, eres mi hijo, pero ese no es motivo para que tenga que darte siempre la razón. Dime una cosa, ¿a ti te gusta Mara?

La miro sorprendido.

—Sí, me gusta —le contesto.

—¿Y qué pasa si tiene un hijo? —me dice mi madre.

—Pues lo cambia todo, madre. Ella me gusta, pero sé que ella busca otra cosa, algo serio, y eso por ahora no entra en mis planes.

—Claro, porque lo único que entra en tus planes es echar cuatro polvos, ¿verdad? —me dice, y me sorprende escucharla hablar así.

—Pues sí, me gusta mi vida tal cual, madre. Estoy bien solo, y lo que no entra en mis planes es ser el padre del hijo de otro.

—Ya, menos mal que no todos los hombres piensan como tú —me dice enfadada.

—Mamá, ¿qué quieres?

—Nada, hacerte ver que, por tu cabezonería, puedes perder la oportunidad de estar con una buena chica, que tiene un hijo, sí, y qué, eso no quiere decir que ya no pueda rehacer su vida, y estoy seguro de que lo hará, porque Mara es una gran chica y por suerte no todos los hombres piensan como tú —me suelta tan pancha.

—Mamá, ella me gusta, vale, pero la cosa con un hijo cambia, y yo no quiero cambiar mi vida y menos por un niño que ni siquiera es mío —le contesto.

—Pues no sabes lo que te pierdes. Enzo es un niño encantador y cariñoso, de seguida se hace querer, y tanto Mara como sus padres son encantadores, pero tú mismo, Lucas. En el fondo me da pena, porque sé que lo que te pasa es que tienes miedo, y me da pena que ese miedo te haga perder la oportunidad de ser feliz.

—Mamá, en serio, con la vida que llevo, ¿me ves criando a un niño?

—La vida que llevas es porque quieres, hijo. Tienes veintiocho años, ya no eres ningún niño, Lucas. Has conseguido muchas cosas por ti solo, eres muy inteligente y podrías llevar una vida muy diferente a la que llevas ahora, pero solo si tú quisieras. Sabes que tienes un despacho esperando por ti en el bufete de tu padre, pero, claro, eso no es tan divertido como llevar un bar, ¿verdad?, estar todas las noches con una chica diferente, trasnochar y no tener horarios, pero, Lucas, tienes que madurar.

—Joder, madre, ¿madurar y qué?, ¿criar el hijo de otro? Creía que, como madre, querrías lo mejor para mí.

—Y eso es lo que quiero, y pienso que Mara lo es, con hijo y todo. Pero sabes qué, ojalá encuentre a un hombre al que no le importe que tenga un niño y sepa hacerla feliz, porque se merece eso y más.

Me da un beso y se va molesta. Me quedo toda la tarde pensando en todo lo que me ha dicho. Esa noche en el bar recibo la visita de Nerea, pero le digo que no estoy de humor, y ella se va en busca de diversión a otro lado. Mejor, no estoy para nada.

La semana pasa y el domingo, cuando termino de comer, decido ir a casa de mis padres. Al llegar, voy directo a la cocina donde está María, la ama de llaves y la mujer que considero mi segunda madre. Después de darme veinte besos, me dice que mis padres están en la terraza. Me despido de ella y voy hacia allí. Abro la puerta y me sorprendo con lo que veo, mi padre jugando con un niño en el césped y, bajo la sombrilla, mi madre con Mara.

# Capítulo 11
## Mara

No voy a negar que la imagen de Lucas con esa chica entre sus piernas me atormenta continuamente, la tengo grabada en la retina y no consigo olvidarlo. Pero mi prioridad es mi hijo, así que hablo con Merche y le pido que me adelante las vacaciones, así puedo estar con Enzo toda su recuperación, y eso hago. Me dedico a cuidarlo, salir a pasear acompañados por mis padres y también una tarde fuimos al cine. En definitiva, pasando tiempo de calidad con mi hijo, así no pienso tanto en Lucas, pero eso por el día, que no paro, una vez que me meto en la cama, tanto sus palabras como esa imagen me atormentan hasta más no poder.

Hoy es sábado y estamos todos en el parque. Mi padre y Enzo han ido a comprar maíz para echárselo a las palomas. Mi madre y yo seguimos sentadas, me suena el móvil.

—¿Dígame? —contesto.

—Mara, hija, soy Emilia, te llamaba para saber de tu hijo.

«Madre mía, es la madre de Lucas».

—Hola, Emilia, pues el niño está fenomenal, ahora mismo estamos en el parque, porque el pobre se aburre de estar tanto tiempo en casa —le digo.

—Eso está muy bien, pero cuidado que no haga locuras, vale —me dice ella—. Mira, también te llamaba para invitaros mañana a comer. Le he hablado mucho a mi marido de Enzo y está deseando conocerlo, tus padres también están invitados por supuesto —me dice.

Me quedo sin saber qué decir. Puf, cómo voy a ir a casa de los padres de Lucas, pero, por otra parte, su madre se ha portado tan bien con nosotros cuando estuvimos en el hospital, y su marido también se comportó muy bien cuando el cumpleaños de Emilia.

—Vale, Emilia, iremos encantados, pero, verás, no quisiera encontrarme con Lucas —le digo con pena.

—Tranquila, hija. Mi hijo ya vino la semana pasada, ya hasta dentro de mes y medio no le toca venir —me dice riendo.

—Vale, entonces nos vemos mañana —le digo.

Cuelgo el teléfono y le cuento a mi madre la conversación con Emilia. Mi madre también está muy agradecida con ella y se apena no poder ir a su casa, ya había quedado en ir a comer con mis tíos a un restaurante, así que mañana iremos mi niño y yo.

Cuando llegamos al barrio, nos encontramos con Adrián. Mis padres suben con el niño que va dormido en el carrito y yo me quedo con mi amigo a tomarme un refresco. Me invita a salir por la noche, pero yo le digo que no.

—Cuándo me vas a dar una oportunidad, Mara, me pones las cosas muy difíciles —me dice.

Y yo que siempre le contesto lo mismo, que lo veo como amigo y ya está, que no puedo verlo como nada más. Después de terminarme el refresco, me despido de él, con la excusa de bañar a Enzo. Me pregunta de quedar mañana, pero le explico que ya he quedado con Emilia. Le cuento que vamos mañana a su casa y él se ofrece a llevarnos. Le digo que sí, me da cosa estar siempre diciéndole que no a todo lo que me pide; quedamos a las doce en el portal. Subo a casa y ya mi madre ha bañado al niño, así que me doy una ducha y, cuando salgo, me meto con mi madre en la cocina, la ayudo a preparar la cena. Esa noche nos acostamos temprano.

Sobre las nueve de la mañana ya estoy levantada. Mi madre y mi padre ya están listos y se despiden de mí, han quedado en ir a buscar a mis tíos al pueblo. Me pongo a desayunar.

Sobre las diez y media despierto a Enzo.

—Venga, dormilón, ¡arriba! —Le doy un beso en la mejilla.

—Pero, mami, que tengo más sueño —me dice estirando su cuerpecito.

—¿Sabes qué, mi vida? ¿Te acuerdas de Emilia?, la doctora que te operó. Pues hoy vamos a ir a su casa, quiere verte y que conozcas a su marido, que está deseando conocerte.

—¿En serio, mami? Bien, Emilia me cae muy bien. —Se levanta enseguida de la cama—. Venga, vamos, ayúdame a vestirme, mamá.

Me río, desde luego este niño mío es un caso. Después de vestirlo, le preparo un poco de pan tostado con un vaso de leche. Cuando se lo toma todo, le digo que vea un rato la tele y yo mientras hago la cama, recojo la cocina y preparo una mochila con las cosas del niño. Una muda por si acaso, toallitas húmedas, protector solar, vamos, lo mínimo que tiene que llevar siempre una madre cuando sale con niños.

A las doce en punto recibo un wasap de Adrián diciéndome que está esperándonos abajo, así que nada, me echo la mochila al hombro, cojo la sillita supletoria de Enzo y le doy la mano a mi niño, salimos de casa.

Al salir a la calle, Adrián viene y coge la sillita y la pone en su coche. Monto y le abrocho el cinturón al niño y me pongo a su lado. Arranca y le digo a mi amigo donde tiene que llevarme. En cuanto le digo la zona, silva; claro, es una zona residencial.

Cuando llegamos y nos bajamos, me dice que sobre las siete de la tarde vendrá a buscarnos. Le doy un beso en la mejilla y le doy las gracias.

Llamo al timbre que hay al lado de la reja y enseguida abren. Al entrar, miro a Enzo y lo veo mirando por todos lados, es un niño muy curioso y no se le escapa nada. Veo a Emilia bajar de la casa y acercarse a nosotros.

—¡Mara, querida!, ¡qué alegría verte! —me dice y me da un abrazo—. Enzo, cariño, ven aquí. —Le echa los brazos y mi hijo que ahí se va con ella.

Vamos acercándonos a la casa y veo que sale el padre de Lucas.

—Manuel, te acuerdas de Mara, ¿verdad? Pues mira, esta preciosidad de niño es Enzo —le dice Emilia.

—Hola, Mara. —Me da un beso en la mejilla—. Hola, Enzo, ¿y a ti te gusta jugar a la pelota? —le pregunta Manuel.

—Sí, me gusta mucho.

—Pues mira —le señala una parte del jardín donde hay una portería y un balón de futbol.

El niño, en cuanto lo ve, abre los ojos como platos y le da la mano a Manuel.

—Manuel, con cuidado con el niño, eh, que todavía tiene que recuperarse —le dice Emilia.

Mientras ellos juegan, Emilia y yo nos sentamos a charlar un rato. La verdad es que se me hace superameno, son encantadores.

Le digo que mis padres no han podido ir porque ya habían quedado con mis tíos, pero que les devuelve la invitación a casa encantados.

Sobre las dos viene una señora y dice que la comida está servida. Emilia me la presenta como su mano derecha, sin ella la casa no sería casa. Nos echamos a reír.

—Espero que os guste la comida. Le pedí a María que nos hiciera macarrones, los hace superricos, espero que le guste al niño —dice Emilia.

—Pues que sepas que has acertado, es su comida preferida, pero de todos modos con la comida no tengo problema, pocas cosas son las que no le gustan.

Nos echamos a reír.

Después de comer y dejar constancia que le gusta la comida, mi niño se come de postre un flan casero. Tanto Emilia como Manuel se quedan con la boca abierta de lo bien que come mi hijo y lo educado que es.

Después de comer, Manuel y Enzo se van a ver la tele. Manuel le pone el canal de dibujos, pero en menos de cinco minutos están los dos dormidos.

Emilia se levanta y con el móvil les hace varias fotos, dice que las sacará en papel y las pondrá en el salón.

—Mara, quería felicitarte por lo bien educado que tienes a tu hijo, es un verdadero placer ver lo bien enseñado que está. Es tan pequeñito, pero sabe comportarse muy bien, y eso es complicado de ver hoy en día —me dice.

—Muchas gracias, Emilia, el mérito no es solo mío, mis padres me han ayudado en todo, sin ellos, no sé cómo me las habría apañado —le digo.

Ya por la tarde, después del café, salimos de nuevo al jardín para que Enzo juegue otra vez a la pelota. Emilia y yo nos sentamos debajo de una sombrilla, estamos charlando cuando, por el rabillo del ojo, veo que se abre la puerta de la terraza; es Lucas. Está quieto, no se mueve, se habrá sorprendido al vernos, claro, pero yo estoy igual que él.

En ese momento la pelota le da en la pierna, y veo como Enzo va corriendo hacia él. Tanto sus padres como yo estamos quietos y mirando la escena.

Lucas se agacha y coge la pelota con las manos.

—Toma, campeón. —Le da la pelota.

Mi hijo coge la pelota con sus manitas y le sonríe.

—Gracias —le dice mi pequeño.

Emilia echa a andar hacia su hijo.

—Lucas, hijo, no sabía que vendrías hoy —le dice a Lucas.

—Es que lo pensé hace un rato, pero si llego a saber que tienes visita, no hubiera venido —contesta.

Me levanto como un resorte y voy hacia donde está mi hijo con Manuel, comienzo a recoger los juguetes del césped y lo guardo en la mochila. Me despido de Manuel y cojo a mi hijo en brazos. Emilia se acerca a mí y coge a Enzo.

—No hace falta que te vayas porque haya llegado yo —me dice.

Lo miro, pero es que me duele demasiado todo. Me vienen las cosas a la cabeza y no quiero llorar.

—Me voy porque ya es hora —le contesto como puedo.

Emilia me acompaña a la puerta, donde ya está Adrián, que se acerca a nosotras y yo aprovecho y los presento. Entonces, Adrián coge al niño en brazos y lo mete en el coche. Me despido de Emilia, quedamos en hablarnos por teléfono. Me monto en el asiento de atrás junto a mi hijo y pensando que ya es mala suerte haberme encontrado con él.

# Capítulo 12
# Lucas

—No sabía que fuerais tan amigas —le pregunto a mi madre.

Me acerco a ella y le doy un beso en la mejilla.

—Pues sí, hijo, desde que el niño estuvo en el hospital, hemos mantenido el contacto. ¿Tienes algún problema con ello? —me pregunta.

—No, ninguno —le contesto.

Se acerca mi padre y me da un abrazo, está todo sudado, así que dice que va a ducharse y que baja en seguida. Yo sigo flipando, si mi padre ni siquiera jugaba conmigo de pequeño.

—Espera, Manuel —le dice mi madre—, mira la foto que os he hecho a los dos mientras dormíais. —Le enseña el móvil.

—Pásamela, anda —le dice a mi madre.

Mi padre se retira a ducharse y entonces mi madre me enseña las fotos, mi padre y el niño dormidos en el sofá; mi madre me mira, pero no me dice nada.

—¿Quién es ese que ha venido a recogerlos? —Ya no aguantaba más sin saberlo.

—Pues es un amigo, se llama Adrián, pero como mira a Mara, creo que él tiene otras intenciones —me dice.

Joder, eso es lo que me faltaba.

—¿Por qué me dices eso, mamá?

—Hijo, porque esas cosas se notan, se ve que le gusta Mara, igual que se te nota a ti, lo que pasa que no creo que él desaproveche la oportunidad.

—Entonces, yo sí la estoy desaprovechando, ¿no? —le pregunto.

—Tú mismo. Estás aquí, y ella se ha ido con él. Qué bien que todos los hombres no son unos cobardes. Tú te escudas en tu bar y en que te gusta demasiado tu vida, y no te das cuenta de que estás loco por esa chica. Y me da pena, porque, aunque ella diga que no quiere nada contigo, sé que también le gustas —me dice.

—Ya, entonces, ¿te parece bien que yo comience una relación con ella, con hijo incluido? —le pregunto.

—Hijo, por Dios. Qué pasa, que entonces ya Mara no tiene derecho a rehacer su vida. Me sorprende y avergüenza escucharte hablar así. Mara es la persona más valiente que conozco, porque otra en su lugar hubiera escogido el camino más fácil, pero ella se hizo cargo de un bebé cuando apenas estaba empezando a vivir la vida, y lo hizo sola, porque, por desgracia, hay muchos hombres cobardes repartidos por el mundo, como el padre de Enzo y como tú, y me duele, porque yo no te he educado para que tengas esa manera de pensar. Ojalá encuentre a un buen hombre que la quiera y que quiera a su hijo, porque se lo merecen —me dice ella.

¿Y desde cuándo mi madre se ha autoproclamado defensora número uno de Mara?

—Vale, mamá, ya lo capto, me he pasado con Mara. Le he dicho cosas que a lo mejor no debí decirle y sé que lo he hecho mal.

74

—Las cosas se arreglan hablando, y yo sé que harás lo correcto —me dice dándome ánimos.

—No sé si podrá arreglarse, ya no solo las cosas que le dije en el hospital, también ha visto cosas que... Lo tengo complicado.

—Ay, hijo, prefiero ni preguntar qué es lo que ha visto.

Me quedo callado y la miro, me levanto y le digo que me voy.

—Pero hijo, tu padre no tarda en bajar.

—Despídeme de él, ya vendré otro día.

Salgo de casa de mis padres y me monto en mi coche. Voy furioso conmigo mismo. Sé que mi madre tiene razón, y la he cagado tanto... Voy directo al bar.

Cuando llego, comienzo a beber, lo necesito, tengo demasiadas cosas encima y tengo que olvidar. No sé cuántas horas pasan, o minutos, pero ya no puedo ni mantenerme en pie. Nerea entra en mi despacho y se sienta con las piernas abiertas en mi mesa, yo sigo sentado en el sillón, y la tengo delante de mí, totalmente expuesta.

La miro a la cara y veo como se mete un dedo en la boca y lo chupa, a continuación, se lo lleva a su sexo y se lo mete en su vagina. Comienza a sacarlo y a meterlo. Noto como mi polla reacciona y pide liberarse, así que me desabrocho los pantalones y me abro la bragueta; mi erección salta en cuanto la libero. Comienzo a meneármela. Nerea sigue a lo suyo y yo a lo mío. Jadeamos, estamos muy cachondos. Entonces cojo un condón del cajón de la mesa y me lo pongo, le pongo la mano en el pecho y hago que se tumbe en mi mesa. Con mis manos le abro más las piernas y entonces la embisto, se la meto hasta lo más profundo, sin miramientos de ninguna clase, fuerte.

—Así, Lucas, fóllame duro —me dice mientras no deja de gritar.

Y eso hago, me la follo, y lo único que quiero es liberarme, así que le digo que se toque mientras no dejo de embestirla, porque sé que me voy a correr rápido.

Entonces nos llega el clímax a los dos, menos mal que ella también se ha corrido, porque yo puedo ser un cabrón egoísta, pero me gusta dejar a mis amantes satisfechas. Nerea se levanta de la mesa y se coloca la ropa, me da un pico y sale del despacho.

Después de follar así, debería de sentir un poco de alivio, pero no, me siento como un auténtico mierda. Entonces comienzo a pensar en Mara, en su hijo, en la foto con mi padre, y en lo que acaba de pasar con Nerea, y es que cada vez la cago más.

# Capítulo 13
# Mara/Lucas

Después de mi encuentro con Lucas, intento seguir con mi vida. Esta semana es el cumpleaños de mi niño, va a cumplir cuatro añitos, me parece mentira.

Se lo vamos a celebrar en casa, algo íntimo con mis padres, Merche, Adrián y los padres de Lucas. Que, aunque todavía no los he avisado, sé que harán lo posible por venir.

Ya estoy trabajando, así que por las tardes me dedico a comprar los globos, la piñata, los regalitos para mi peque y acabo de encargar la tarta, he elegido una con la foto de la patrulla canina, cómo no.

Ya tengo todo listo, así que, como solo me queda llamar a Emilia, cojo el móvil para llamarla.

—Hola, Emilia —le digo—. Mira, mañana es el cumpleaños de Enzo y se lo vamos a celebrar en casa, os avisaba por si queríais venir —le digo nerviosa.

—Claro que sí, hija, iremos encantados —me contesta.

Me despido de ella y quedamos en vernos a las seis en casa.


La semana la paso sin poderme quitar de la cabeza a Mara, estoy fatal y arrepentido de haber estado con Nerea la otra noche, pero ya no puedo borrar lo que he hecho. Esta semana, por más que se me han insinuado mujeres en el bar, no he sucumbido con ninguna de ellas, y eso es raro en mí, pero como ya he dicho, no dejo de pensar en Mara.

Decido llamar a mi madre. Desde el domingo que estuve en su casa no he hablado con ella.

—Hola, mamá, ¿cómo has estado? —le pregunto.

—Bien, hijo, tu padre y yo estamos en el centro comercial buscando un regalo.

—¿Y de quién es el cumpleaños? —le pregunto.

—Pues del niño de Mara. Ella me llamó ayer para invitarnos y aquí estamos, buscándole un regalo.

Me quedo pensando. Y si yo me presentara allí, con un regalo para su hijo, me cerraría la puerta en las narices.

—Oye, mamá, ¿me darías la dirección de Mara? —le pregunto.

—¿Para qué, hijo?

—Pues para llevarle un regalo también. Por cierto, ¿cuántos años cumple? —le pregunto.

—Cumple cuatro añitos —me dice.

Después de convencerla, me manda la dirección de Mara, y me dice que Mara le dijo que estuvieran a las seis en casa. Miro el reloj, son las cuatro de la tarde. Tengo que darme prisa porque no tengo idea de qué comprarle a un niño de cuatro años.

Me voy directo a una juguetería y le digo a la dependienta que busco un juguete para un niño de cuatro años. Después de sacar cuarenta mil juguetes, me decido por un coche teledirigido, estos juguetes me encantaban de pequeño. Espero que a Enzo también.

La chica me envuelve el regalo y yo le doy las gracias y salgo de la tienda. Son las cinco y media, así que voy directo a casa de Mara.

Bueno, ya tengo todo listo, globos por todo el salón, los juguetes preparados, la tarta en la mesa con los platos, los vasos y hasta gorritos.

Y mi niño, que está supernervioso, pero es normal. Ya van llegando los invitados y son los padres de Lucas; mi niño se pone muy contento al verlos.

—Toma, Enzo, espero que te guste. —Le da un regalo.

Enzo abre su regalo y se queda sorprendido al ver que le han regalado la equipación de futbol del Recreativo; mi pequeño salta de alegría.

—Mira, abuelo, lo que me han regalado Emilia y Manuel, es de mi equipo...

Mi niño está loco de contento. Mi padre lo lleva a la habitación a ponerle la ropa de deporte. Les doy las gracias a Emilia y Manuel y los paso al salón para que se sienten. Mi madre los acompaña y les ofrece un café. Vuelven a llamar a la puerta y son Merche y Adrián, pasan y se sientan. Mi madre hace las presentaciones. Como ya mi niño no puede más con los nervios, decido darle los demás regalos: una bicicleta, cuentos, juegos educativos, un balón de futbol y la equipación que le han traído Emilia y Manuel.

Miro el reloj, ya es la hora, así que salgo del coche y entro en el portal, aprovechando que sale una señora. Estoy nervioso, porque no sé cómo va a reaccionar Mara cuando me vea. Llamo a la puerta y es ella la que abre.

—¿Qué haces aquí? —me pregunta.

—He venido a traerle un regalo a tu hijo —le contesto.

—¿Y ahora te interesa mi hijo? Eso es nuevo, ¿no, Lucas?

Me merezco que me hable así.

En ese momento llega su madre de la mano con el niño.


—Ah, tú eras Lucas, ¿verdad? ¿Sabes que tus padres están aquí? —le dice mi madre.

Mi niño, que ve que Lucas lleva un regalo en las manos, le dice tan ancho:

—¿Eso es para mí?

—Enzo, eso está muy feo.

Lucas se agacha sonriendo y le da el regalo.

—Pero pasa, hijo. Desde luego, Mara, mira que quedaros en la puerta.

—Gracias, señora.

Y pasan dentro.

Dios, no me puedo creer que Lucas esté en mi casa. Mi madre lo hace pasar al salón y después de saludar a Merche, a mi padre y a los suyos, se sienta en una silla. No saluda a Adrián y ni Adrián lo saluda a él.


—¿Me ayudas a abrir tu regalo? —me dice Enzo.

—Claro. —Me levanto y voy con él al sofá, donde hay más espacio.

Veo que el gilipollas que está junto a Merche sentado le ha dicho a Mara que se siente junto a él, le pone el brazo por encima. Quién coño es este tío. Entonces, cuando Merche dice su nombre, me doy cuenta de que es el que la fue a buscar a casa de mis padres.

—Guauuu, un coche con mando. Qué guay, me encanta. Mira, mami, lo que me ha traído Lucas.

Veo que Mara le sonríe.

—¿Te gusta mi ropa del Recre? Me la ha regalado Emilia y Manuel —me dice todo emocionado.

—Me encanta. ¿Y sabes que Emilia y Manuel son mis padres?

Enzo me mira sorprendido.

—¿En seriooo?, pues no se lo digas a los demás, pero vuestros regalos son los más chulos —me dice en el oído.

Me echo a reír, la verdad este niño es un encanto. Mi madre tenía razón. Estoy con Enzo enseñándole a manejar el coche, cuando se nos acerca Mara y nos dice que es la hora de la tarta.

Me siento al lado de mi padre, ella vuelve a sentarse al lado del tipejo ese, que no pierde oportunidad de ponerle las manos encima.


Estoy nerviosa viendo a Lucas sentado en mi mesa. Le cantamos el cumpleaños feliz y mi madre corta tarta para todos. Sorprendentemente, Enzo se pone al lado de Lucas, y él lo coge y lo sienta sobre sus piernas. Es verlo y no me creo lo que estoy viendo. Miro a Emilia y ella está igual que yo, sorprendida. Al rato, mi hijo coge de la mano a Lucas y le dice que vaya con él a jugar con el coche. Mi padre y Manuel van con ellos. Ayudo a mi madre a recoger los platos. En la cocina con mi madre a solas me dice:

—Mara, hija, Lucas y tú, ¿en serio no hay nada entre vosotros?

—Mamá, la cosa es complicada.

—Vale, vale, yo lo único que digo es que me gusta ese chico.

La dejo en la cocina y veo en el pasillo a Lucas sentado en el suelo y con mi hijo en brazos, están riéndose porque el coche no deja de chocarse contra la pared. Los miro y sonrío. En ese momento Lucas me mira y se da cuenta de que los estaba mirando.

—Bueno, campeón, tengo que irme, vale. Espero que estés contento con todos tus regalos —le digo y le doy un beso en la cabeza.

—Pero por qué te vas, Lucas, yo quiero que te quedes un rato más —le dice mi hijo lloriqueando.

—Es que tengo que irme a trabajar, pero te prometo que otro día vendré a verte, ¿vale?

Mi hijo se queda más tranquilo. Lucas se despide de todos menos de Adrián.

Le comento a mi madre que salgo a acompañarlo a su coche.

—Gracias, Mara, por no haberme cerrado la puerta en las narices. Quiero disculparme contigo por todas las cosas que te dije. Me equivoqué contigo y con tu hijo, además, lo que viste el otro día en mi despacho…

Bajo la cabeza, me avergüenza mirarlo a la cara.

—Con lo de cerrarte la puerta en las narices, mis padres me educaron muy bien, ¿sabes?, no podría hacerlo por más que te lo merezcas. Respecto a lo que vi el otro día, es tu vida y no tienes que darme explicaciones de nada. La culpa fue mía, no debí ir —me dice—. Bueno, Lucas, me voy. Gracias por el regalo de mi hijo y ya nos veremos por ahí.

—Mara, espera, sé que no tengo derecho a preguntar, pero tú y el tío ese, ¿sois novios?

—Pues no, no tienes derecho a preguntar, pero me coges de buenas. No, Lucas, no es mi novio —me dice, y respiro.

Me voy más tranquilo, pensando en cuál va a ser mi siguiente paso.

# Capítulo 14
## Lucas

Me monto en el coche y me voy a casa, en un rato iré al bar, pero voy tranquilo, la verdad no pensé que podría salir las cosas así, creo que puedo tener posibilidades con Mara.

Llego a casa y, después de darme una ducha, y mientras me preparo la cena, me suena el móvil, es mi madre.

—Dime, mamá —aunque ya sé por qué me llama.

—Nada, Lucas, era para saber cómo estabas después de pasar la tarde en casa de Mara.

Si ya lo sabía yo...

—Bien, mamá. La verdad, he estado muy cómodo.

—Y con el niño, ¿qué?

—Pues bien también, es un niño muy simpático.

Se queda callada, sé que en el fondo está deseando decirme te lo dije, pero no me dice nada y yo tampoco quiero darle la razón. Seguimos hablando un rato más, pero le digo que tengo que cenar, y se despide de mí.

Llego al bar y me pongo a echarles una mano en la barra a mis chicos, la cosa está muy animada. Jessica no deja de insinuarse cada vez que tiene ocasión, pero yo no le doy pie, pero ahí no queda la cosa, dos chicas que me piden que les ponga una copa me preguntan si al salir quiero ir con ellas a su casa, que podríamos pasar una buena noche. Puf, la verdad hace tiempo que no hago un trío y, la verdad, me tienta y mucho, pero no quiero joder otra vez la cosa con Mara, tengo que intentar arreglar las cosas con ella y no creo que haciendo un trío, por mucho que me apetezca, lo consiga. Les digo a las chicas que no, que no puede ser. De seguida se marchan y al rato las veo salir del local con un hombre, ya han encontrado al tercero en discordia. Sigo poniendo copas, cuando veo entrar a Merche con unas chicas.

—Hola, Lucas —me dice y se inclina en la barra para darme un beso en la mejilla.

—Hola, guapa —le contesto.

—Me sorprendió verte hoy en casa de mi amiga —me dice.

—Ya…, a última hora decidí acercarme —le contesto.

Les pongo unas copas a ella y sus amigas y, cómo no, Merche no pega puntada sin hilo.

—Ya…, a última hora. Qué, te gusta mi amiga, ¿no? —me dice sin cortarse.

—Sí, me gusta, es más, me encanta, pero he sido un gilipollas con ella demasiadas veces —le contesto.

Ella sonríe, me dice que salga para que podamos hablar, y eso hago. Le digo a los chicos que salgo un momento, cojo a Merche de la mano y salimos a la calle. Necesito que me dé un poco de aire.

—A ver, dime qué es eso tan grave que le has hecho a mi amiga para que ella no pueda perdonarte —me dice.

—Pues aparte de decirle que es una calientapollas, mala madre y alguna que otra lindeza más, me encontró en mi despacho la otra noche en una situación un poco comprometida —le digo.

Merche me mira con la boca abierta.

—Pues la verdad es que te has coronado, chaval… Punto uno: si es algo que no es mi amiga es calientapollas. Yo misma le echo la bronca muchas veces. Le digo que tiene que salir, que tiene que follar, joder, pero eso no va con ella; error por tu parte. Punto dos: ¿mala madre? Si algo tiene Mara es que es la mejor madre del mundo, se da por entero a su hijo, y todo lo que hace, lo hace por él. Desde que se quedó embarazada con diecinueve años no he visto a una persona darse más a otra que ella con su hijito; es la mejor. —Me mira seria.

Le explico que lo sé, que me he dado cuenta tarde. Le digo que estoy arrepentido y no sé cómo hacer para que me perdone. Le cuento que mi madre casi me deshereda por como me he comportado con ella, y se echa a reír.

—A ver, no está todo perdido, he visto como te mira y sé que le gustas. Pero, de todas formas, buena suerte con ella, ya te lo he dicho antes, no es una chica fácil, pero, mira, te voy a hacer un regalito…, esta semana está entera de mañana en la tienda. —Me mira y me guiña un ojo.

Le doy las gracias y entramos otra vez en el bar, la veo irse con sus amigas y yo me voy a mi despacho. Me quedo ahí, hasta que es la hora del cierre. Llaman a la puerta y es Jessica.

—Lucas, ya no queda nadie, solo nosotros dos —me dice.

La veo entrar y sé perfectamente qué quiere.

—Vale, puedes irte entonces, yo me iré en un rato —le contesto secamente.

—Es que me preguntaba si tú y yo podríamos terminar lo que dejamos el otro día a medias.

Lo sabía yo.

—Mira, Jessi, tú y yo siempre lo hemos pasado muy bien juntos, pero ahora estoy en un momento de mi vida que me interesa otras cosas, y echar un polvo contigo siempre es una buena opción, no te voy a mentir, pero estoy interesado en una chica y no quiero estropearlo, ¿lo entiendes?

—¿Es la chica del otro día? —me pregunta.

—Sí, es ella, y ya lo he jodido bastante, no quiero joderlo más —le digo sincero.

—Vale, no pasa nada, te deseo buena suerte. De lejos se ve que no es una chica que te lo vaya a poner fácil —me dice y se va.

—Ya, eso ya lo sé yo…

Me quedo solo en el bar. Después de mirar que todo está en orden, cierro mi despacho con llave y me voy.

Llego a casa y son más de las cinco de la madrugada, me meto en la ducha, tengo la imagen de Mara en la cabeza, y entre ella y las veces que hoy he tenido que decir que no a una chica esta noche tengo un calentón del quince. Así que pongo una mano en la pared y, mientras el agua me cae en la cabeza, con la otra mano me cojo la polla y me masturbo. Ni qué decir que me corro de seguida. Termino de ducharme y me seco un poco el cuerpo, me meto en la cama desnudo y relajado después de la buena paja que me acabo de hacer.

Y ahora… a dormir.

# Capítulo 15
# Mara

La semana se me pasa volando, he trabajado toda la semana de mañana y para mí mejor así, las tardes las paso con el niño. Menos mal que Merche eso lo tiene en cuenta y, a no ser que le haga mucha falta, siempre vengo de mañana.

Hoy es viernes y esta tarde mis padres se van al pueblo con mi hijo, me quedo en casita sola.

Merche me dice que podemos organizar algo en casa, pedir algo de cena y ver alguna peli. Le digo que sí, que es un plan perfecto.

La mañana se me pasa volando y me sorprendo al ver entrar a Lucas en la tienda, me pongo nerviosa. Pero es mi trabajo, así que no me queda más remedio que atenderlo.

—Hola, Lucas. Que, ¿vienes a por otro regalo? —le pregunto con ironía.

—Pues mira, sí, busco un perfume, pero está vez elígelo tú, como si fuera para ti —me dice.

Lo noto extraño, le digo que me acompañe y lo llevo a la zona de perfumes y colonias. Le cojo uno, que es mi preferido, y se lo enseño.

—Mira, este es de mis preferidos, es fresco y suave, pero tú decides. Digo yo que conocerás sus gustos, ¿no? —le digo.

—Pues entonces me lo llevo. Envuélvelo, por favor, para regalo —me dice él.

Vamos a la zona de la caja. Mientras le envuelvo el perfume, veo que no me quita ojo, me está poniendo nerviosa y no doy pie con bola.

—Me vas a gastar de tanto mirarme, Lucas.

—Ya quisiera yo gastarte —me dice eso y lo miro sorprendida—. Mara, quisiera darte otra vez las gracias por haberme dejado estar en el cumpleaños de tu hijo. Déjame decirte que tienes un niño estupendo, muy cariñoso —me dice, y veo sinceridad en sus palabras.

—No hace falta que me lo agradezcas más, y gracias por lo de mi hijo, la verdad. Mi pequeño es muy bueno, he tenido mucha suerte con él —le contesto—. Bueno, además pudiste comprobar por ti mismo que no se come a nadie, ¿no?, solo es un niño al que le gusta jugar y, si a él le dan cariño, pues él también lo da.

—Ya, ya sé, me merezco todo lo que me dices, eso y más, porque soy un imbécil, pero, en serio, Mara, me sentí muy a gusto, y si tú quieres, me gustaría poder volver a verlo.

Lo miro extrañada.

—Mira, Lucas, prefiero que no, no quiero que mi hijo se ilusione con cosas que no pueda tener, y tampoco quiero que se encariñe contigo, porque sé que hoy estarás, pero mañana no. —Le doy el regalo con el *ticket* y me voy a atender a otro cliente.

Estoy nerviosa, joder, intento no pensar en lo que me ha dicho. Llega la hora de salir, me despido de Merche y quedamos por la noche en mi casa. Al salir no puedo creer lo que veo, Lucas está enfrente de la tienda, está apoyado de la barandilla y, Dios mío, no puede estar más bueno. Antes no pude fijarme bien, pero lleva unos vaqueros gastados que le cae por las caderas, joder. Lleva unas gafas de aviador que lo hacen más interesante si puede, es un dios griego, normal que chica que pase por su lado, chica que lo mire, pero él no mira a nadie, solo a mí, no me quita ojo.

Me acerco a él.

—¿Qué haces aquí, Lucas? —le pregunto.

—Esperarte —me dice—. Mara, sé que he sido un capullo contigo, te he dicho cosas que no debía, has visto cosas que, bueno, ya sabes —agacha la cabeza avergonzado—, pero estoy muy arrepentido por todo. Toma, esto es para ti.

Me da la bolsa con el perfume que ha comprado antes, lo cojo y le sonrío. La verdad, me quedo sorprendida.

—Esto, Lucas, no hacía falta —le digo señalando la bolsa.

—Sí, sí hace falta, porque otra persona en tu lugar no deja que me acerque ni en cinco metros, pero tú, Mara, eres especial, y a pesar de que la he cagado mucho contigo, me gustaría remediarlo, y te digo en serio, me gustaría poder conocer más a Enzo. Piénsalo, tómate tu tiempo —me dice.

Sé que se pasó con las cosas que me dijo, después está lo que vi en su despacho, pero, bueno, es libre y puede hacer lo que quiera, y yo, bueno, tampoco hice las cosas bien con él, y no deja de pedirme perdón continuamente.

—Bueno, Lucas, gracias por el regalo, aunque no debiste, y tan amigos, vale. Ahora tengo que dejarte, me tengo que ir con mi hijo a casa —le miento.

—No me mientas, Mara. —Me mira sonriendo y yo me sorprendo—. Me ha dicho un pajarito que tu hijo se ha ido con tus padres al pueblo a pasar el fin de semana —me dice.

Miro dentro de la tienda. Ahí está la traidora, me mira y me guiña un ojo, y yo quiero matarla.

—Bueno, estoy sola, ¿y qué?

—Pues que me gustaría invitarte a comer —me dice.

—Mira, Lucas, creo que es mejor que dejemos las cosas como están.

No me deja terminar de hablar, me pone la mano en la boca para hacerme callar.

Dios, qué calor me ha subido por el cuerpo al notar de nuevo su calor en mi piel.

—Mara, por favor, solo es un almuerzo.

—Vale, está bien —le contesto.

Vamos andando hasta donde tiene aparcado el coche, las luces de un pedazo de coche parpadean.

—Joder, pedazo de coche que tienes, ¿no?

—Sí, es mi juguetito —me dice y me abre la puerta para que me siente.

Rodea el coche y se sienta al volante.

—¿Tú conduces, Mara? —me pregunta.

—Sí, pero no tengo coche propio. Mi padre, cuando no lo usa él, me lo deja, pero, vamos, suelo moverme en servicio público, o voy andando —le digo.

—¿Quieres coger este?

—¡ESTE! Ni loca, ja, ja, ja.

Miro a Lucas y se ríe por mi comentario. Dios, verlo así tan natural, puf, estoy fatal, mal, pero mal.

—Bueno, ¿dónde te apetece que vayamos a comer? —me pregunta.

—No lo sé, ¿*pizza*?

—*Pizza* —me dice él.

Vamos a un centro comercial, dejamos el coche en el *parking* y vamos charlando. Me doy cuenta de que estoy muy cómoda con él.

Entramos en una pizzería y me fijo que las chicas que hay no le quitan ojo a Lucas y a mí me miran con mala cara.

—¿Qué pasa, Mara? —me dice.

Este hombre debe de estar tan acostumbrado a que las chicas lo miren que no se da ni cuenta de lo que pasa a su alrededor.

—Nada. Que si pudieran, más de una me arrancaba la piel a tiras.

Él niega con la cabeza y se echa a reír.

Viene la camarera para tomarnos el pedido, nos decidimos por una *pizza* grande y una ensalada. Mientras nos traen la comida, hablamos de todo un poco, trabajo, familia. Se me hace muy ameno el Lucas que estoy conociendo. Lo veo más maduro. Me cuenta como montó el bar, se le ve tan orgulloso. Yo le hablo de mi vida, que nunca supe qué estudiar, y que por eso me puse a trabajar desde tan joven. También le hablo de cuando tuve a mi hijo y que, aunque mis padres me ayudan en lo que pueden, mi niño es mi responsabilidad, y que, gracias a Merche, el trabajo nunca me ha faltado.

—Me parece que eres muy valiente, Mara, no todas hubieran hecho lo que tú, teniendo más opciones, claro.

—Bueno, unos dicen valientes; otros, irresponsable, pero, sabes qué, no me arrepiento de nada, mi hijo es lo mejor que me ha pasado en la vida —le contesto.

Después de comer, vamos hacia una heladería. Es como si buscáramos excusas para seguir juntos.

—Venga, elige un helado, que invito yo —le digo a Lucas.

Me pone mala cara.

—Oye, no serás de esos que no aceptan que una mujer los invite, ¿no? —le digo.

—Bueno, no sé, sería la primera mujer que me invita. En mis citas me gusta invitar yo.

—Bueno, pues elige uno, que a este te invito yo. Mira, puedo decir orgullosa que he sido la primera en algo contigo —le sonrío.

—¿Y qué vas a hacer este finde? —me pregunta.

—Pues esta noche he quedado con Merche en mi casa; cena, peli, helado.

—Buen plan. ¿Y por qué no aprovechas que no tienes a tu hijo y sales por ahí?

—Pues porque yo no salgo porque tenga a mi hijo, Lucas. No salgo porque no me gusta, estoy mejor en casa y disfruto más haciendo lo que voy a hacer esta noche que si fuera de discoteca, eso no me va, no me va el mundo de la noche —le digo.

Nos terminamos de comer los helados y vamos al coche, el camino a mi casa lo hacemos en silencio. Al llegar, Lucas deja el coche en doble fila. Veo a Adrián sentado en las escaleras de mi portal. Cuando me ve bajar del coche, se levanta.

—Hombre, ya era hora, ¿no? —dice y, por el tono, parece molesto—. Llevo esperándote dos horas y te he llamado cuatro veces.

El tono con el que me habla no me gusta un pelo. Miro mi móvil y veo que se me ha apagado. Lucas se baja del coche y se pone a mi lado.

—Me he quedado sin batería, pero ¿habíamos quedado, Adrián? —le digo.

—No, pero como he visto que tus padres se han ido con Enzo, venía a hacerte compañía. Venga, vamos para casa —me dice.

Me agarra del brazo con fuerza, me duele su agarre. Me suelto con malos modos. Pero quién se cree que es…

—Eh, como vuelvas a cogerla de esa manera, te quedas sin dientes, ¿te queda claro? —le dice Lucas furioso.

Lucas echa su cuerpo para delante, le veo como aprieta los puños. Adrián tampoco hace el intento de moverse, así que me pongo en medio, no quiero que lleguen a las manos.

—Venga, ya está bien. Tú —señalo a Adrián—, vete a tu casa. Lucas, por favor, está todo bien, vale —le digo.

Lucas se mete en el coche solo cuando ve que Adrián se marcha. Entonces se va. Me subo a casa enfadada con mi amigo. Pero quién coño se cree que es para pedirme explicaciones. La tarde la paso regular, llamo a Merche y le explico lo que ha pasado desde que salí de casa. Se pone contenta con los avances con Lucas, pero cuando le cuento lo de Adrián, comienza a echar sapos por la boca. Quedamos a las nueve en mi casa. Después de hablar con ella, llamo a mi madre para ver como están. Hablo con ella, con mi niño y con mi tía, que me hace prometerle que le haré una visita pronto.

Después me ducho, son las ocho y media y llaman a la puerta. Qué raro. Merche no suele adelantarse con la hora. Abro la puerta y es Adrián. Lo dejo pasar.

—Que sepas que no me ha gustado nada tu comportamiento de antes —le digo molesta. Él está callado—. Yo puedo quedar con quien quiera y hacer lo que quiera, porque no tengo que dar explicaciones a nadie, y menos a ti —le suelto.

—Claro, tú revuélcate con ese chulo, y cuando se canse de ti y te deje tirada, vienes a mí a que te cure las heridas —me dice.

Me quedo helada con lo que me dice, que él me va a curar las heridas; estoy flipando, la verdad.

—¿Pero tú te estás oyendo? Tú eres mi amigo, solo eso, Adrián, creo que estás muy confundido —le digo.

Intento salir del salón, pero él me agarra con fuerza por el brazo y tropiezo, dándome con el marco de la puerta en la frente, justo en el nacimiento del pelo.

Me duele, me duele mucho la cabeza. Me pongo la mano y al mirarla me veo los dedos con sangre. Miro a Adrián, él tiene la cara blanca como la pared, y lo veo salir corriendo. Intento moverme, pero me tiemblan las piernas, siempre me pasa al ver un poco de sangre.

Empieza a darme vueltas la casa. Menos mal que veo llegar a Merche, que corre con la cara desencajada hacia mí. Yo ya veo todo negro y cierro los ojos, me dejo caer.

# Capítulo 16
# Lucas/Mara

Después del encontronazo con el amigo de Mara, me meto en mi coche directo a mi casa. Estoy que me llevan los demonios. Cuando vi como la sujetaba del brazo, no sé cómo pude contenerme; lo que realmente quería era estamparle los puños en la cara. Hijo de puta, con lo bien que lo habíamos pasado, nos tuvimos que encontrar con el gilipollas de turno.

Llego a mi casa y me echo en el sofá, pienso en lo que hablamos Mara y yo, y aunque ella me ha dicho que me ha perdonado, sé que en el fondo hay algo que le echa para atrás, y ya sé lo que es.

Cuando me vio con Jessica en mi despacho, pero, claro, yo lo pienso y lo veo normal. Me pongo yo en su pellejo, solo de imaginarme a Mara con otro me pongo malo, vamos.

Llamo por teléfono a mi amigo Cristian, le cuento por encima los progresos con Mara y dice que se siente orgulloso de mí.

—Sí, tío, creo que estás madurando y eso en ti es un paso muy importante —me dice—. Haz las cosas bien y no la cagues ahora que estás progresando con ella. Por lo que me cuentas, creo que esa chica merece la pena, así que sigue así, amigo —me dice.

Después de hablar un rato más con él del bar y sobre su hotel, cuelgo y me echo una siesta.

Sobre las diez y media salgo de casa, directo al bar. Como hay poca gente y mis chicos lo tienen todo controlado, me meto en mi despacho. Estoy mirando unos documentos cuando llaman a la puerta. Es Nerea.

—Hola, cielo —me dice.

La saludo, viene hacia mí y me da un beso muy cerca de la boca.

—Me ha dicho uno de tus camareros que estabas aquí, y me preguntaba si quieres pasar un buen rato —me dice.

—No, la verdad, no estoy de humor, Nerea.

—Qué te pasa, Lucas. Estás raro, tú nunca dices que no a un buen polvo —me dice ella.

—No estoy de humor, Nerea —le digo serio.

—No habrás conocido a alguien, ¿no? —pregunta ella.

—Algo hay, pero la cosa va despacio.

—Entiendo. Me alegro por ti, aunque no tanto por mí, pero espero que esa chica no sea tonta, eres un hombre que merece la pena.

—Gracias, Nerea, pero el tonto fui yo, que no me había dado cuenta de lo que sentía, o no quería darme cuenta, y ahora quiero hacer las cosas bien, y no quiero poner en riesgo lo que pueda comenzar con ella.

—Te entiendo. —Me da un beso y sale del despacho.

Me siento en el sofá a tomarme una copa. Me suena el móvil, es mi madre.

—Madre, ¿pasa algo?, me extraña que me llames a estas horas —le digo asustado.

—Yo estoy bien, hijo, estoy de guardia, pero te llamo para decirte que Mara está aquí en el hospital.

—¡QUÉ! —le grito. Me levanto del sofá y ya estoy apagando el ordenador y poniéndome la chaqueta—. Mamá, ¿qué es lo que le ha pasado?

—No sé, hijo, la ha traído su amiga Merche con una herida en la cabeza.

—Voy para allá —le digo a mi madre.

Dios, salgo del bar como un loco. Conduzco y no me extraña que me venga alguna multa, pero lo único que quiero es llegar al hospital lo antes posible.

Aparco en urgencias. Mi madre me ve y viene a mi encuentro.

—Ven, hijo, ahora están poniéndole puntos.

—Pero ¿qué es lo que ha pasado?

—No sé, hijo, venía muy nerviosa, y su amiga no suelta prenda —me dice.

Llego a la sala de espera y Merche, en cuanto me ve, se levanta y viene a mí. La cojo por el brazo y la llevo a una esquina.

—Ahora explícame a mí lo que ha pasado —le digo serio.

Está dudando, no sabe si contarme o no.

—Verás, yo iba subiendo las escaleras de su casa, cuando me encontré con Adrián, que bajaba muy alterado y corriendo. La puerta de su casa estaba abierta y, cuando la vi, estaba a punto de desmayarse. Llegué justo a tiempo de cogerla antes de que se cayera al suelo —me explica.

Dios, lo que me entra por el cuerpo. Tengo unas ganas enormes de ir a buscar a ese desgraciado y hacerle tragar todos los dientes, pero tengo que saber cómo está Mara. En eso estoy, cuando veo venir a mi madre con Mara.

—¿Estás bien? —Le cojo la cara con las manos.

Necesito mirarla bien, ver que no tiene ningún golpe más.

—Sí, estoy bien. Tranquilo, Lucas —me dice ella.

Mi madre dice que le han tenido que coger algunos puntos y que, salvo dolerle la cabeza, está bien, pero le dice a Mara que, a lo mínimo que note, tiene que volver al hospital.

Nos despedimos de mi madre y salimos los tres del hospital.

—Oye, Merche, ¿te importa irte sola? Me gustaría llevar yo a Mara a casa —le digo a Merche.

Veo la cara de Mara, está sorprendida, pero está callada. Merche me dice que no, que sin problemas.

Le abro la puerta del coche y ayudo a Mara a subir. Ella me dice que puede sola, pero prefiero ayudarla. Me monto y, sin decirle nada, conduzco dirección a mi casa.

—¿Dónde vamos, Lucas?, por aquí no vamos a mi casa —me dice ella.

—Es que no vamos a tu casa, vamos a la mía. Esta noche te cuido yo —le contesto—. Además, prefiero evitar la tentación de ir a buscar al cabrón de tu amigo para darle su merecido, y, como vaya a tu barrio, ten por seguro que daré con él.

—Adrián no lo ha hecho a malas, no es agresivo, lo que pasa es que, al agarrarme del brazo, me tropecé y me di con la puerta.

—No lo defiendas, por favor —le digo.

Me quedo callada, lo veo y está molesto, tiene los nudillos de las manos blancos de lo que aprieta el volante.

—Pero podía haberme ido con Merche y tú ya deberías estar en tu local, Lucas.

—Por increíble que parezca, no puedo separarme de ti, Mara, no puedo dejar de pensar en ti, y cuando mi madre me llamó y me contó que estabas allí, pasé miedo, Mara, miedo porque no estaba contigo y miedo por las ganas de buscar a tu amigo y darle su merecido —me dice y no me lo creo.

Estoy nerviosa. Lucas aparca el coche en su garaje y nos montamos en el ascensor. Vamos en silencio, y eso me pone aún más nerviosa. Llegamos a su casa. Es el ático.

—Vaya pedazo de pisito que tienes, ¿no? —le digo.

Desde el recibidor se ve toda la planta de la casa. El salón es enorme y con una gran terraza; la cocina es abierta y también muy grande, todo de acero inoxidable. Joder, es muy bonito.

—Ven, vamos, que te enseño las habitaciones.

Me coge de la mano y vamos por un pasillo.

—Esta es mi habitación. Voy a cambiar las sábanas y tú dormirás aquí, yo me iré al sofá. —Lo miro y voy a hablarle, pero me pone los dedos en mi boca, impidiéndomelo—. Aquí tienes un baño completo. Espera un momento.

Se mete en el baño y saca del armario toallas limpias y un cepillo de dientes nuevo, lo deja todo sobre el mármol del lavabo.

—Lucas, yo puedo dormir en el sofá, de verdad.

—Mara, por favor, tú te quedas aquí.

Me enseña la otra habitación, donde tiene montado un despacho, y me enseña otro baño, me dice que ese lo usará él, que yo use el del dormitorio.

Me quedo mirando el dormitorio de Lucas desde la puerta, él está terminando de estirar las sábanas, me mira.

—¿Qué piensas, Mara? —me pregunta serio.

Sabe de sobra lo que estoy pensando porque me dice:

—En esta cama no ha estado nunca ninguna mujer, Mara, la primera vas a ser tú. Ninguna mujer ha estado en esta casa, ninguna que no sea importante para mí —me dice y me quedo sin habla.

Salimos y vamos al salón. Me doy cuenta de que tiene todo superordenado y muy limpio.

—¿Esto lo mantienes tú así? —le pregunto.

—Lo intento, pero, de todas formas, una vez en semana viene una señora y hace una limpieza —me explica—. ¿Quieres comer algo?

—No, estoy bien, solo un poco de agua para poder tomarme la pastilla.

Se levanta y va a la cocina, trae una bandeja con una botella de agua y dos zumos, uno de piña y otro de melocotón.

—Toma, veo mejor que te tomes la pastilla con un zumo.

—Vale, gracias. Me tomo el de piña entonces —le digo.

—Vamos, te acompaño al dormitorio y te voy a dar algo de ropa para que te puedas cambiar.

Le agradezco por todo, vamos de la mano al dormitorio. Lo veo acercarse al vestidor y coge una camiseta de manga corta de una cajonera; ahora de la mesilla de noche coge un bóxer.

Estoy nerviosa, pero también me noto excitada. Es verlo y no puedo controlarlo.

—Te dejo todo aquí, vale. Cualquier cosa, ya sabes dónde estoy —me dice.

—Muchas gracias, Lucas, por todo.

Lo veo salir del dormitorio y yo me meto en el baño. Me doy una ducha, uso su gel, huelo a él y huele muy bien. Me seco y me enrollo la toalla al cuerpo. Me lavo los dientes y me cepillo un poco el pelo antes de recogerlo en una coleta.

Salgo del baño y me pongo el bóxer de Lucas; la camiseta me queda como una camisa de dormir, enorme. Dejo la toalla en el cesto del baño y, al ver su perfume, no puedo evitarlo y me pongo un poco.

Me meto en la cama, pero llaman a la puerta. Le digo a Lucas que pase, lleva una toalla alrededor de las caderas, el pelo mojado y, madre mía, los pectorales que se gasta. Me dice que necesita coger un bóxer de la mesilla y le digo que entre. Lo miro, no puedo quitarle los ojos de encima; tocar ese pecho debe ser una delicia. Tengo que intentar pensar en otra cosa, si no, Lucas se va a dar cuenta de que me pasa algo.

Cuando sale del baño solo lleva puesto el bóxer y, por como huele, se ha perfumado. El pelo lo lleva revuelto como si se hubiera peinado con los dedos. Es un espectáculo, un dios griego y lo tengo a mi lado.

—Si necesitas algo, ya sabes, Mara.

Veo que pone la mano en el pomo de la puerta. Es ahora o nunca, Mara.

—Espera, Lucas, necesito algo... —Me mira frunciendo el ceño—. A ti.

Veo como pone cara de sorpresa, suelta el pomo de la puerta y se acerca a la cama. Me coge de la mano y me hace incorporar, me pongo de rodillas y estoy a su misma altura. Entonces, me pone una mano en la nuca y me acerca a él. Estampa su boca en la mía, me besa despacio. Con su lengua, me abre los labios y entonces mi lengua sale a su encuentro. Gimo en su boca y él sonríe. Me sigue devorando la boca, bueno, yo tampoco me quedo atrás, nos devoramos mutuamente. Me quita la camiseta y me quedo solo con el bóxer. Él se retira un poco y me avergüenza un poco que me vea así, pero él me coge la cara con sus manos.

—No te avergüences, Mara, eres perfecta.

Vuelve a besarme y me tumba con cuidado en la cama. Me acaricia los pechos, y de seguida mis pezones se ponen erectos. Entonces, abandona mi boca y comienza a lamer mis pechos, de uno a otro; me tiene extasiada de placer. Entonces, se tumba encima de mí, y con sus piernas abre las mías. Noto como frota su dureza contra mi pelvis, yo comienzo a moverme también, voy a su encuentro. Su boca sigue en mis pechos, y una de sus manos baja a mis muslos, los acaricia y, poco a poco, va acercándose al centro de mi cuerpo. Me baja su bóxer y, cuando estoy completamente desnuda, me mira a los ojos.

—Eres preciosa, joder. ¿Estás segura de esto, Mara?

—Sí, Lucas. Sigue, por favor, no pares —le digo con la voz entrecortada.

Entonces, me da un beso en el ombligo y sigue bajando. Me deja besos por el pubis y entonces pasa la lengua por mi clítoris. Grito, grito de placer. Su lengua no para, me da suaves toquecitos que me hacen ver las estrellas. Dios, es la primera vez que me hacen esto y estoy en el cielo ahora mismo. Noto que me voy a correr pronto y él debe de notarlo también porque me introduce un dedo en mi interior y comienza a moverlo. Entre el dedo y la lengua, que no para de moverse, me viene tal orgasmo que creo desfallecer. Entonces veo que levanta la cabeza y sonríe satisfecho de lo que acaba de hacer.

—¿Te ha gustado, nena?

—Me ha encantado. Que sepas que es la primera vez que me hacen sexo oral.

—Pues yo encantado de haber sido el primero.

Lucas repta por mi cuerpo.

—Mira qué bien sabes. —Y me besa.

Me besa y me come la boca. Este chico sabe muy bien cómo usar su lengua. Se vuelve a colocar entre mis piernas y noto lo dura que la tiene. Entonces, decido tener iniciativa y me pongo encima suya a horcajadas.

—Guau, nena, no seas mala que, si no, voy a terminar muy rápido —me dice jadeando.

Y escucharlo jadear es algo excitante, sobre todo porque jadea por mí. Empiezo a mover las caderas como si estuviera montando a caballo. Él pone sus manos en mis pechos y los masajea con cuidado, yo sigo moviéndome.

—Nena, para o me corro ya.

Le sonrío y entonces paro y me pongo entre sus piernas.

Le cojo su erección y comienzo a meneársela, al principio, despacio, pero poco a poco subo la intensidad. Dios, verlo así, jadeando y a mi merced es de lo más erótico que me ha pasado jamás. Entonces, doy un paso más y me meto su dureza en mi boca, su gran dureza, joder, la tiene enorme y no me cabe entera en la boca.

—Joder, qué gustazo, Mara. No pares, nena.

Y no paro, abro todo lo que puedo la boca y, cuando la meto hasta el fondo, con los labios y la lengua comienzo a degustarla. Saco la lengua y se la paso por toda su largura, con la lengua le rodeo la punta y entonces me la vuelvo a meter hasta el fondo. Me vienen varias arcadas que tengo que aguantar hasta que Lucas se retira.

—Ya, ya, o paras o me corro en tu boca y donde me quiero correr es entre tus piernas.

Coge un preservativo de la mesilla y se lo pone de tirón. Me abre las piernas y, entonces, pone la punta de su erección en mi centro, comienza a entrar en mí poco a poco, le cuesta, pero, claro, hace mucho tiempo que no tengo relaciones. Me duele un poco, pero no le digo nada.

—Joder, nena, estás muy estrecha.

—Hace mucho que no hago esto —le digo.

—Y me encanta que sea así —me dice.

Sigue entrando en mí, despacio, y una vez que logra llegar al final, se queda quieto; mi cuerpo tiene que acostumbrarse a su grosor.

—¿Estás bien? —me pregunta.

—Sí, estoy en la gloria —le digo.

Me sonríe y me besa, y entonces comienza a moverse. Madre mía, qué movimiento de cadera que tiene. Me embiste de una manera que me corro de seguida; unas cuantas embestidas después, se corre él.

Estamos exhaustos, cansados y sudorosos, pero nos da igual. Lucas sale de mi interior y de seguida me siento vacía. Se quita el preservativo y le hace un nudo. Me abraza por la espalda, me da besos en el cuello y comienzo a notar como vuelve a ponerse duro, lo noto en mi culo. Me muevo un poco, frotándome contra él. Con una mano comienza a acariciarme el clítoris y mete un dedo en mi interior.

—Estás empapada, nena.

Y entonces saca el dedo de mi interior y guía su erección y la coloca en mi entrada, me penetra de una vez.

Con él dentro, me pone a cuatro y comienza a embestirme. Solo se escucha en el dormitorio el sonido de nuestros cuerpos y nuestros jadeos.

—Qué gusto, joder —me dice en el oído.

—Fuerte, Lucas, házmelo fuerte —logro decirle entre jadeos.

Y entonces es cuando me embiste con fuerza, con sus fuertes embestidas creo que va a partirme en dos, pero me da igual, yo me muevo y voy a su encuentro, y entonces me corro. Me viene tal orgasmo que noto como me cae la humedad por las piernas. Entonces Lucas se retira de mi interior, lo miro y está tocándose, y entonces se corre él, dejando su simiente en mi culo.

Me dejo caer en la cama y caigo desfallecida.

# Capítulo 17
## Mara/Lucas

Cuando me despierto, estoy sola en la cama, desnuda y sola. Miro el móvil y son casi la una del mediodía. Me pongo a pensar en la noche que hemos pasado, y uff, me entran calores. Lucas ha estado increíble, muy pendiente de mí y de mis necesidades, ha sido perfecto.

Yo tampoco es que haya tenido muchas experiencias, el padre de Enzo, poco y mal, pero no recuerdo haber disfrutado más en la vida.

Me levanto y voy al baño, me doy una ducha rápida y, cuando salgo, me vuelvo a poner la camiseta que me dejó anoche. Me recojo el pelo, me lavo los dientes y salgo del baño.

Salgo de la habitación y voy a buscarlo, estoy deseando verlo. Miro en el salón y no lo veo. Miro hacia la terraza y ahí está, joder, tiene puestos unos pantalones de algodón y nada en la parte de arriba, está increíblemente bueno y yo me sorprendo de mis pensamientos calenturientos. Lo miro y no puedo evitar sonreír.

—Hola —le digo.

Se da la vuelta y mi sonrisa desaparece. No me gusta lo que veo en sus ojos, no es el Lucas de anoche.

—Hola —me contesta secamente.

Joder, qué le ha pasado, ¿he hecho algo mal?

—¿Te importa si cojo algo de beber para poder tomarme la pastilla? —le digo.

—No, claro, coge lo que quieras —me dice sin ni siquiera volverse a mirarme.

Voy hacia la cocina. Los ojos los tengo llorosos, pero no quiero llorar. Tengo que salir de aquí cuanto antes. Me tomo la pastilla y voy hacia el dormitorio. Me siento a los pies de la cama y comienzo a llorar, ya no puedo parar. Qué ha pasado, por qué está tan frío conmigo; me duele el alma, joder.

Entro en el baño y me lavo la cara, tengo que tranquilizarme antes de salir. Me pongo mi ropa y cojo mi móvil y el bolso. Voy al salón.

—Adiós, Lucas —le digo.

Se da la vuelta, me mira y no me dice nada. Entonces me doy la vuelta y voy hacia la puerta de la calle; lágrimas comienzan a salir otra vez de mis ojos, sin que yo pueda evitarlo. Cuando abro la puerta, lo escucho llamarme. Me quedo quieta, pero no me giro, no quiero que me vea llorar.

—Nada. Adiós, Mara —me dice.

Abro la puerta y me voy.

Cuando salgo a la calle, es cuando me desmorono del todo, ni cuando me abandonó el padre de Enzo me dolió tanto como esto. Porque los últimos días con Lucas han sido maravillosos y he visto un Lucas que me gusta. Me gusta mucho y lo de anoche fue muy especial, por lo menos para mí. Entonces me doy cuenta de que Lucas lo que ha estado haciendo es interpretar un papel para conseguir lo que ha conseguido ya. Joder, pero qué buen actor que se está perdiendo la industria del cine. Lo vi tan preocupado cuando fui a urgencias, cuando se enfrentó a Adrián.

Dios, qué mal me siento, en la vida me habían humillado de esta manera, y ha tenido que ser él, la persona que más daño me ha hecho en la vida.

Voy andando y, cuando me doy cuenta, estoy en un parque. Voy a unos bancos a sentarme, necesito tranquilizarme. No me doy cuenta de que sigo llorando hasta que una chica con un carrito de bebé y una niña se me acerca.

—Perdona, ¿necesitas ayuda? —me pregunta.

—No, gracias. Solo necesito tranquilizarme. —Me doy cuenta de que es una chica muy guapa y su niña es preciosa también.

Se sienta a mi lado y coge a su niña en brazos, el carrito del bebé lo pone en el lateral del banco.

—Mira, a veces es mejor desahogarte, y soltar lo que te asfixia, y si es con una desconocida, me han dicho que es mejor —sonríe, y me hace sonreír con lo que ha dicho.

Me dice que se llama Isabel, y sus hijos Mia y Thiago. Yo le digo que me llamo Mara y que también tengo un niño de cuatro años que se llama Enzo.

—Mira, ya no somos desconocidas —me dice.

—Gracias, Isabel. ¿Has tenido alguna vez la sensación de que lo que te pasa no te pasa a ti, que es como si fuera un sueño?

—Pues sí, me ha pasado, Mara, creo que eso nos pasa a todos alguna vez en la vida, pero, tranquila, todo pasa, te lo digo yo —me sonríe.

—Gracias, Isabel, muchas gracias.

Ella se levanta y me dice que me cuide. Veo como se aleja con sus pequeños. Me levanto yo también y me voy a casa.


Cuando veo salir a Mara de mi casa, me siento de lo peor, soy el cabrón más grande de este mundo. Después de la buena noche que hemos pasado, ella, que se ha dado por entera a mí, y yo la trato de esta manera. Pero es que esta mañana cuando me desperté y la vi acurrucada en mi pecho, sentí miedo, miedo porque esto que siento cuando estoy con ella es nuevo para mí.

Cuando salió de mi casa, sé que iba llorando, y, aun así, no hice nada por detenerla.

No puedo evitar pensar en ella, la cara con la que me miró cuando me dio los buenos días. Estaba contenta, pero fue verme la cara y cambió. Estaba tan guapa con mi camiseta. Voy a mi dormitorio y me siento en la cama, todavía puedo vernos a los dos en ella, amándonos. Ella estaba tan entregada, tan receptiva. Me pongo las manos en la cabeza, me siento de lo peor.

Esto sí que no me lo va a perdonar, lo sé. Por qué me he comportado así con ella, por qué he tenido que ser tan cruel.

Cojo el móvil varias veces con la intención de llamarla, pero me arrepiento en el último momento.

Paso un día de mierda y ya a las seis de la tarde me visto y me voy al bar. Allí siempre tengo cosas que hacer. Cuando llego, le digo a los chicos que estoy en el despacho. Me pongo a revisar cuentas, albaranes de compras, hasta que llaman a la puerta.

—Ey, tío, por poco no me dejan entrar tus camareros.

Miro y son Cristian e Isabel.

—Y eso, ¿ustedes por aquí? —les pregunto.

Isabel se me acerca y le doy dos besos. A mi amigo le doy un abrazo.

—Ya ves, los niños están con los abuelos y hemos pasado por aquí, y al ver tu coche aparcado, hemos decidido hacerte una visita, ya que tú no te dejas ver por casa —me dice mi amigo.

—Estoy muy liado, pero me alegro de veros. Y los peques, ¿cómo están? —les pregunto.

—Muy bien, dando guerra como siempre —dice Cristian.

—Tendrás valor. Si los tiene superconsentidos, sobre todo a la niña; cosa que pide, cosa que le da —dice Isa.

—Es que es mi chica favorita.

Y nos reímos.

Les doy a cada uno una copa y nos sentamos en el sofá, hablamos de todo un poco.

—¿Sabéis una cosa? Esta mañana, cuando estaba en el parque con los niños, me encontré con una chica que estaba sentada en un banco llorando —dice Isa.

—Y a que te paraste a preguntarle… —le dice Cristian, y me guiña un ojo. Nos reímos.

—Claro, estaba desecha la pobre, me daba mucha penita. No sé, algo muy fuerte le pasaba, pero no me dijo, lo que sí me contó era que ella también tenía un niño de cuatro años que se llamaba Enzo.

Dios, lo que me entra por el cuerpo. El corazón, el pecho, todo me da un vuelco y me cuesta respirar. La chica de la que habla Isabel era Mara, y estaba así por mi culpa, joder. Cristian me mira a la cara.

—¿Estás bien, Lucas?

—Sí, sí —le mentí.

Joder, estoy mal, muy mal. Cuando se van mis amigos, decido llamarla. Lo intento varias veces, pero no me lo coge, es normal, qué coño me esperaba, ¿que me cogiera la llamada a la primera?

Estoy que me subo por las paredes, entonces decido escribirle un wasap.

«Mara, tenemos que hablar de lo que ha pasado esta mañana. Por favor, contéstame». Se lo mando, pero lo deja en leído.

Estoy mal, así que decido irme a casa, la noche la paso peor. La culpa no me deja dormir. A las siete de la mañana decido ir a correr y, cuando llego a casa, me ducho, me tomo un café y salgo a la calle.

Hago tiempo a que Merche abra la tienda y, cuando lo hace, la abordo con preguntas. Me dice que Mara la llamó anoche para pedirle unos días libres, pero no le explicó más. Me despido de ella, pero antes de irme me advierte que, si le he hecho daño a su amiga, me corta los huevos. Y la creo, por la forma que lo dice, la veo capaz.

Decido entonces ir a su casa, llamo a su puerta y es su madre la que abre.

—Lucas, hijo, ¿pasa algo? —me dice extrañada.

—Buenos días, Manuela. ¿Está Mara?

—No, Mara no está. —Me ve la cara, porque la mujer sigue con la explicación—: Está mañana se fue con Enzo, se ha ido unos días fuera.

Joder, se ha ido, ha cogido a su hijo y se ha ido.

—Tengo que verla, Manuela, es importante —le digo casi suplicando.

La veo que se va a la cocina y viene con un papel. Es una dirección.

—Lucas, no sé qué ha pasado, porque mi hija no me ha contado nada, lo único que sé es que he visto a mi hija muy mal, estaba destrozada. Ni cuando el padre de Enzo se fue dejándola embarazada la vi así. Te digo esto porque ella no se merece que la hagan sufrir, Lucas, es una niña muy buena que no tiene maldad, y se merece ser feliz —me dice la pobre mujer.

—Lo sé, sé que no se merece que la hagan sufrir, Manuela, pero voy a ir a buscarla y pienso arreglar todo, se lo prometo. — Le doy un beso y salgo de la casa.

Voy a ir a buscarla. Pienso abrirle mi corazón, es lo que tendría que haber hecho desde el principio.

# Capítulo 18
# Mara

Cuando mis padres llegan del pueblo con Enzo, me encuentran acostada en el sofá. Mi niño de seguida se pone a mi lado, me dice que me ha echado de menos. Yo sí que lo he echado de menos. Me cuenta que se lo ha pasado muy bien allí, que ha ayudado a mi tío a darle de comer a los animales, y quiera que no, mientras me cuentan cómo ha estado, no pienso tanto en Lucas y en cómo me ha humillado. Pero es complicado, porque me ha mandado varios wasaps que he borrado sin leer, y me ha llamado varias veces.

Cenamos temprano, ya que vienen cansados del pueblo, y me acuesto con mi pequeño. Él de seguida se duerme, pero yo paso la noche pensando en todo lo que ha pasado, en si yo he hecho algo mal, es que no me explico cómo pudo cambiar así. Necesito unos días para mí, para estar tranquila y pensar las cosas.

Me levanto a las seis de la mañana, ya no podía estar más en la cama. Sin hacer ruido, preparo una maleta pequeña con ropa de mi hijo y mía. Le mando un wasap a Merche diciéndole que necesito unos días, que me los quite de las vacaciones. Me suena el móvil, es ella.

—Mara, ¿qué pasa? Me has asustado.

—Merche, no pasa nada, solo necesito irme unos días de aquí —le contesto con la voz tomada, casi en llanto.

—Mara, joder. ¿Qué ha pasado con Lucas?

—Lo que yo sabía que iba a pasar, pero ahora no quiero hablar. Te prometo que estos días te lo compensaré, vale.

—No digas tonterías. Puedes coger los que quiera. Oye, ¿y si por casualidad me preguntara por ti? —me dice.

—No creo que eso ocurra, pero le dices que necesitaba irme unos días y ya. Otra cosa, te quiero, vale, eres la mejor.

Me despido de ella y salgo de la habitación con la maleta. Mi madre está en la cocina y, cuando me ve, se sorprende. Le explico que he decidido ir al pueblo unos días, le digo que estoy bien, no quiero que se preocupe, pero mis padres me conocen demasiado bien, para ellos soy transparente, pero les digo que necesito unos días para mi niño y para mí.

—Hija, sé que te pasa algo, solo quiero que sepas que, cuando quieras hablar, ya sabes donde estoy; puedes hablar conmigo de lo que sea —me dice preocupada.

—Lo sé, mamá, y te lo agradezco, no te preocupes, vale. Voy a pasar unos días con los tíos, necesito alejarme de aquí.

—Vale, hija. Te quiero, lo sabes, ¿verdad?

—Sí, y yo a ti más —le digo yo.

Voy a levantar a Enzo, lo visto y le doy el desayuno. Mi padre me dice que si quiere nos lleva él, pero le digo que no, que vamos en autobús. Entonces me dice que nos acerca a la estación de autobuses.

Me despido de mi madre. Me dice que, cuando esté en el autobús, le mande un wasap a mi tío y le diga la hora de llegada, así él estará esperándonos allí. Le digo que sí, que eso haré.

Llegamos a la estación de autobuses y nos despedimos de mi padre. Son las nueve y media de la mañana y salimos a las diez. Me voy con mi hijo a la cafetería y me tomo un café y mi niño un batido. Quiera que no, entre una cosa y otra, llevo toda la mañana sin acordarme de Lucas.

Ya es la hora de irnos, ya estamos sentados en nuestros asientos. Le mando un wasap a mi tío y le digo que salimos ya, me contesta que él estará esperándonos en la estación. El viaje se nos hace supercorto, mi niño se queda medio dormido y yo he echado alguna que otra cabezadita. Después de la mala noche que he pasado, estaba que me caía de sueño.

Llegamos al pueblo y, desde lejos, veo a mi tío sentado en un banco. Bajamos y cojo la maleta, nos acercamos donde está esperándonos.

—Hola, tío —le digo.

—Mara, hija, qué alegría verte, cariño. —Me da dos besos—. Hola, chavalín. —Y le da un beso a mi niño.

Me coge la maleta de las manos y vamos a su coche. Nos montamos y en nada estamos aparcando en la puerta de su casa. Está todo tal y como lo recordaba. De seguida se abre la puerta y sale mi tía, me da un abrazo y nos hace pasar.

—Mara, cielo, qué bien que hayas venido a vernos, hacía mucho que no nos hacías una visita —me dice mi tía.

—Sí, la verdad que hace bastante tiempo. Déjame decirte que tienes la casa muy bonita, tía, la reforma que le hicisteis le ha venido muy bien —le digo.

—Lo que tienes que hacer es venir más a menudo, hija —me dice.

—Sí, tienes razón, pero de ahora en adelante eso haré, tía, te lo prometo —le digo.

Me acompaña a mi habitación, donde dejo la ropa en el armario. Mi niño ya se ha perdido con mi tío en el huerto, que le gusta el pueblo.

Después de comer, me echo un rato con mi pequeño en el sofá, descanso una horita, pero me sienta genial. Cuando merendamos, salimos con mi tía a dar un paseo, bueno, más que pasear, lo que hacemos es hablar con las vecinas. A cada paso que das, te tienes que parar con alguien, pero es que los pueblos son así, se conocen todos.

Cuando llegamos a casa, ya mi tío ha llegado del huerto. Trae una cesta con verduras, recién cogida de la tierra; mi tía dice que esta noche hará las verduras con pescado al horno.

Después de cenar, nos sentamos todos a ver un rato la televisión, pero como veo que Enzo se va a quedar dormido, decido irme a la habitación y acostarnos. Ya en la cama, miro el móvil, tengo tres llamadas más de Lucas y dos mensajes; los borro sin leer. Intento no pensar más, y me acurruco a mi niño. Entonces el sueño me envuelve.

Las mañanas en el pueblo comienzan muy temprano, miro el reloj y son las siete y media, y hay tanta actividad en la calle que me deja sorprendida. Me doy una ducha y me visto. Cuando bajo, ya mi tía está metida en la cocina y mi tío trabajando en el huerto. Madre mía, con lo temprano que es. Después de desayunar y darle el desayuno a mi niño, me pongo a ayudar a mi tía con las cosas de la casa. Son las once de la mañana y ya está todo hecho; normal, con lo temprano que empieza aquí la jornada.

—Tía, me voy un rato a mi sitio especial, vale.

Mi tía me mira y me sonríe.

—Vale, cariño, vete tranquila, que ahora Enzo y yo vamos a echarle de comer a los animales —dice mi tía.

—¡Biennnn!, ¡qué guay! —grita mi niño.

Nos reímos, y entonces me despido de ellos y salgo de casa. Me pongo los auriculares y de seguida suena la voz de Alejandro

Sanz. Lo malo, que con lo sensible que estoy, me paso toda la caminata llorando.

Llego a mi sitio favorito del pueblo, el mirador. Desde pequeña me encantaba venir aquí, sentarme y pasar las horas mirando el paisaje. Incluso cuando mis primos se quedaban jugando en la calle, yo me venía aquí, me da paz. Y ahora es lo que necesito. Pienso en Lucas, en lo que pasó en su casa, lo bien que me hizo sentir en todo momento y cómo a la mañana siguiente me trató. Me duele, y entonces rompo a llorar, lloro porque inevitablemente me he enamorado de él, de la persona menos indicada para mí, la persona que yo sabía que terminaría por romperme el corazón.

En ese instante comienza a sonar una de las canciones de Alejandro Sanz que para mí son de las más bonitas que tiene, «Quiero morir en tu veneno», y, automáticamente, me recuerda a Lucas. Y yo que sigo llorando; por más que intento parar de llorar, no puedo. Por el rabillo del ojo veo que se sienta alguien a mi lado, miro y no puedo creer lo que ven mis ojos, es él, es Lucas.

Al verme llorar, levanta sus manos y con sus dedos me limpia las lágrimas. Lo dejo hacer, es que no puedo moverme, estoy paralizada.

—Perdóname, Mara. No quise hacerte daño. Sé que desde que nos conocemos me he pasado casi todo el tiempo pidiéndote perdón, pero soy gilipollas y no paro de meter la pata contigo. Aunque no lo creas, Mara, lo de la otra noche fue muy especial para mí —me dice y no me lo creo—. Lo que pasa es que, por la mañana, al despertar, me acojoné, me asusté de lo que sentí. Yo siempre he sido un alma libre y, cuando te vi conmigo en mi cama… Eres la primera mujer que dormía allí, y quiero que seas la última —me dice eso y empiezo a llorar otra vez.

Tiene los ojos llorosos, me coge de las manos, se las lleva a sus labios y las besa.

—Mara, siempre he sido un cabrón con las mujeres, para mí siempre han sido poco más que un agujero donde meterla, pero llegaste tú y me tocaste algo aquí —se señala el corazón—. Al principio pensé que eras un capricho, tú te resistías y eso me ponía aún más, pero la otra mañana, cuando te vi conmigo en mi cama, me di cuenta de que no, que no eras un capricho más, me he enamorado de ti, y no voy a mentirte, Mara, me da miedo. Es la primera vez que siento algo así, y me asusté, por eso reaccioné de ese modo —me dice y estoy impresionada—. Cuando te fuiste de mi casa, me dio miedo lo que vi en tus ojos, vi desilusión, y ya no pude dejar de pensar en ti en todo el día. Me dolía el alma, de verdad, y entonces entendí que era porque te quiero, y te había echado de mi lado.

Dios mío. Lucas está aquí y me está diciendo que me quiere.

—¿No dices nada, Mara? —dice serio.

No puedo hablar, lágrimas vuelven a caer de mis ojos. Lucas vuelve a limpiarlas.

—Me duele ser el causante de esas lágrimas, no quiero hacerte llorar, al contrario, quiero ser motivo de felicidad, quiero que seas feliz a mi lado.

Respiro hondo, quiero hablar, pero antes tengo que tranquilizarme.

—Creo que se te olvida algo importante, Lucas, tengo un hijo, no somos solos tú y yo. Y sé de sobra lo que piensas al respecto —le digo como buenamente puedo.

—Olvida todo lo que dije, Mara. Yo sé que para ti tu hijo es lo más importante, lo sé, es normal, y créeme, lo entiendo,. Déjame conocerlo y que me conozca, que por ahora pueda verme como un amigo y con el tiempo pueda verme como un padre, porque a mí me encantaría serlo para él.

Entonces rompo a llorar. Me acerca a él y me sienta en sus piernas, me abraza. Estamos así hasta que me tranquilizo. Me coge la cara con las manos y me besa, un beso sincero, con cariño, pero también con miedo. Me separo de él y lo miro a los ojos, le sonrío.

—¿Estás seguro de lo que dices, Lucas? —le digo yo.

—Como nunca en la vida —me contesta.

Nos levantamos de la mano en silencio y vamos a su coche. Mientras vamos a casa de mis tíos, me cuenta todo lo que ha hecho hasta dar conmigo.

Llegamos a casa y aparca, mi tía nos abre la puerta. Me dicen que ya se conocen porque, claro, fue ella la que le dijo donde podía encontrarme. Pasamos al comedor y nos pone unos refrescos y algo de comer. Me dice que el niño se quedó con mi tío en el huerto.

—Mami, me he montado en un burro —dice gritando mi niño.

Nos echamos a reír todos, es que este niño es tan espontáneo. En cuanto ve a Lucas se queda quieto mirándolo. Mi tío entra en ese momento y le presento a Lucas. Pero Enzo sigue en el mismo sitio, le ha sorprendido verlo aquí, claro. Entonces es Lucas quien se levanta y va hacia él.

—Hola, ¿cómo vas, campeón? —le dice y le revuelve el pelo.

Entonces es cuando reacciona mi niño, comienza a contarle todo lo que ha hecho en el huerto y lo que ha hecho con los animales. Le dice hasta los huevos que ha cogido del gallinero; no podemos evitarlo y nos echamos a reír los cuatro.

Después del almuerzo y tomarnos un café, decidimos que tenemos que salir si no queremos llegar de noche a casa. Le prometo a mis tíos que otra vez que vayamos nos quedaremos varios días. Ellos se quedan conformes.

Salimos de la casa y Lucas lleva la maleta mientras yo llevo a Enzo de la mano, la sorpresa me la llevo al llegar al coche y darme cuenta de que hay una silla para niños en el asiento de atrás; es que ni yo me había acordado. Lo miro y me sonríe. Como sé que, en cuanto Lucas arranque y nos pongamos en marcha, Enzo se quedará dormido, lo siento a él en su sillita y me pongo yo delante con Lucas.

—Me parece increíble estar así contigo, Mara —me dice Lucas.

Lleva una mano puesta en el volante y la otra puesta sobre mi mano, acariciándomela.

—Ayer lo veía todo tan negro, y estaba tan mal, y te veo aquí a mi lado, en mi coche, es como si fuera un sueño —me dice.

Yo sí que no puedo creerme lo que me está pasando. También me sorprendo cuando me cuenta que, gracias a la chica que conocí en el parque, que resultó ser la mujer de su mejor amigo, él abrió los ojos.

—No sé, Mara, fue como si la verdad estuviera frente a mis ojos, pero yo no lo veía, y cuando Isa nos lo contó, todo comenzó a tener sentido para mí, fue como una revelación.

—Pues ya es casualidad que conociera a la mujer de tu amigo en el parque —le digo yo.

—No, las casualidades no existen, eso es el destino. Tú estás hecha para mí, y el destino se encargó de juntarnos por fin —me dice.

Me coge las manos, se las lleva a los labios y las besa. Me encanta este Lucas, cada vez me gusta más.

Llegamos a mi barrio y deja el coche al lado de mi portal.

—¿Quieres que suba contigo y hablamos con tus padres? —me pregunta.

—No, prefiero hablar con ellos yo sola. Después, si quieres, te llamo y hablamos un rato—le digo.

—Vale, como quieras, yo después iré al bar. Si ves que no te cojo el teléfono es porque estoy en la barra ayudando a mis chicos. Otra cosa, no dejo de pensar en la cara de mi madre cuando se entere de que estamos juntos; se pondrá feliz —me dice.

Además, me dice que, cuando vayamos a verlos, iremos los tres, madre mía. Me encanta que meta a mi hijo en nuestros planes.

Me despido de él con un beso corto en los labios, cojo a mi niño y me meto en mi portal. Subo a casa y mis padres se sorprenden al vernos llegar tan pronto, pero les explico por encima lo que ha pasado con Lucas; se ponen muy contentos de que nos estemos dando una oportunidad. Yo también. Ahora mismo estoy flotando de felicidad.

# Capítulo 19
## Lucas

Después de dejar a Mara en casa, me voy a la mía. Estoy muy feliz, la verdad, pensé que me lo pondría más difícil, pero, por suerte para mí, no ha sido así.

Me doy una ducha, cojo algo de comida preparada del frigorífico, la meto en el microondas y, mientras espero que se caliente, me tomo una cerveza. Pienso en Mara, me gustaría que ahora estuviera aquí conmigo, pero no puede ser. Me termino la cena y me termino de vestir. Salgo para el bar.

Al llegar veo que la cosa está animada, así que me pongo a servir copas, mis chicos no dan abasto. Cuando miro el reloj es casi la una. Mara quedó en llamarme, no creo que tarde mucho, así que le digo a mis camareros que me voy al despacho.

Me echo una copa y me siento en el sofá, estoy cansado, ayer no dormí nada y al levantarme hoy tan temprano para ir a buscar a Mara, así estoy ahora, hecho polvo. Me dejo caer del sofá y apoyo la cabeza en el respaldo, cierro los ojos e intento relajarme, en esas estoy cuando me suena el móvil.

—Hola, nena, me coges que acabo de entrar en el despacho —le digo.

—¿Y eso?, ¿hay mucha gente? —me pregunta.

—Pues sí, hasta ahora no he podido venir, así que imagínate.

—Pues deberías descansar, Lucas. Hoy has hecho muchos Kilómetros y no has descansado —me dice.

—Ya descansaré después. Además, me ha merecido la pena —le contesto—. Y tú, ¿qué tal estás? —le pregunto.

—Bien, metida en la cama —me contesta.

Joder, yo, es imaginármela en la cama… y me cago en la puta. Se me está poniendo dura, joder.

—Me encantaría poder estar ahora mismo contigo, abrazándote, acariciándote, besándote.

—Ya, y a mí me encantaría que estuvieras aquí —me dice.

—Bueno, nena, mejor vamos a dejarlo, porque te estoy imaginando en la cama y me estoy poniendo malo, y soy capaz de presentarme en tu casa y meterme en la cama contigo —le digo.

—Ja, ja, ja, ja, pues tres son multitud —me dice y se ríe.

Me quedo callado, qué ha querido decir con eso.

—Enzo está aquí a mi lado, duerme conmigo —me aclara.

—¿En serio me estás diciendo que tu hijo duerme contigo? —le pregunto.

—Claro, en mi casa solo hay dos habitaciones, Lucas, y la mía es muy pequeña, solo hay una cama, así que mi niño siempre ha dormido conmigo —me explica.

Me quedo pensando. La verdad es que el niño este acostumbrado a dormir con su madre, no sé yo.

—Bueno, Mara, ya es tarde. Descansa y ya mañana hablamos, vale. Sueña conmigo, nena —le digo.

Me quedo pensando en lo que hemos hablado, me la imagino con poca ropa en la cama. Joder, no, tengo que dejar de imaginármela así porque, si no, voy a tener que entrar en el baño para hacerme una paja.

Decido ir otra vez a la sala. Ya se está vaciando, así que le digo a mis chicos que me voy a casa. Estoy deseando meterme en la cama, y eso hago en cuanto llego. Me quito la ropa y me meto en la cama, estoy tan cansado que ni me ducho, ya mañana cuando me levante lo haré.

A la mañana siguiente me levanto sobre las doce y lo primero es la ducha. Me espabilo y me siento mejor, me tomo un café y ordeno un poco la casa.

Sobre la una y media estoy en la puerta de la tienda, esperando a Mara. La veo salir.

—No te esperaba aquí —me dice sorprendida.

—Siempre que pueda vendré a buscarte. —Me acerco a ella y le planto un beso en los labios.

—Tengo que ir a recoger a Enzo al colegio —me dice.

—Vale, pues vamos entonces —le contesto.

La cojo de la mano y vamos hacia el coche. Antes de abrirle la puerta, la cojo por la cintura y la pego a mi cuerpo. La tengo acorralada entre mi coche y yo, entonces, le pongo la mano en la nunca y le como la boca. Dios, estaba loco por volver a sentirla así, tan entregada. Volver a sentir su calor. Mi lengua se enreda en la suya, la escucho gemir y mi cuerpo reacciona; tengo que parar porque no podemos hacer nada y a mí ya empieza a dolerme algunas partes de mi cuerpo.

—Mejor paramos porque, si no, vamos a dar un espectáculo.

Ella sonríe avergonzada.

Nos metemos en el coche, voy incómodo y tengo que ajustarme un poco el pantalón. Arranco e intento pensar en otra cosa.

—He pensado, Mara, que el sábado o el domingo podemos ir a casa de mis padres. ¿Qué te parece?

—Me parece bien, estarán encantados seguro —me dice Mara.

—Se pondrán locos de contentos. Mi madre apenas me habla, sabes, creo que te prefiere a ti que a mí.

Nos reímos.

Cuando llegamos al colegio, aparco en el primer sitio que encuentro libre y nos bajamos. Veo que Mara saluda a varias madres y algunos padres que ya están esperando en la puerta. Los niños comienzan a salir y Enzo, en cuanto nos ve, viene corriendo hacia nosotros, pero cuál es nuestra sorpresa cuando el niño viene hacia mí y no va con su madre.

—Pero bueno, esto qué es —le dice Mara a su hijo.

—Hola, campeón. —Le choco la mano al niño.

Nos echamos a reír. El niño me da la mano y vamos los tres al coche. Durante todo el trayecto, Enzo no para de hablar, nos cuenta con todo lujo de detalles lo que ha hecho todo el día en el colegio.

—¿Es siempre así? —le pregunto riendo.

—Es peor.

Y nos reímos los dos.

Llegamos a su casa y le pregunto a Mara si por la tarde podemos vernos un rato. Me dice que sí, pero que tendría que ser a partir de las ocho y media.

—¿Y por qué tan tarde, Mara?

—Es que a esa hora ya dejo al niño preparado, y no le doy más trabajo a mis padres —me contesta.

—Bueno, vale, pero después me podrás acompañar al bar, ¿no? —le digo.

—No, Lucas, podemos vernos, pero solo un rato, mañana madrugo. Tengo que llevar al niño al colegio y después trabajar. Además, ya sabes que a mí no me va mucho ese ambiente —me dice.

Me quedo callado. Entonces qué pasa, que nos vamos a ver solo un rato por las tardes, no me gusta eso. Nos despedimos, quedamos a las ocho y media, la veo entrar en el portal con su hijo, y me voy a casa. Joder, ahora ella debería de estar sentada a mi lado para pasar la tarde conmigo en mi casa y no; que voy solo, solo y cabreado.

Llego a casa y preparo mi comida. Meto una lasaña en el horno y, mientras me pongo cómodo, se calienta. Después de comer, meto las cosas en el lavaplatos y me echo en el sofá. Me pongo una serie que tengo pendiente, pero, en cuanto pongo la cabeza en el cojín, me duermo.

Cuando me despierto, son las ocho menos cuarto de la tarde, me ducho y me visto. Miro la hora, son las ocho y cuarto, así que salgo de casa. En nada, en diez minutos estoy en casa de Mara.

Cuál es mi sorpresa que, mientras la estoy esperando, veo aparecer al gilipollas de su amigo.

Me acerco a él. Se para, porque no me esperaba.

—Hola, valiente —lo cojo por la camisa y me lo acerco a la cara—, la próxima vez que vuelvas a ponerle la mano encima a Mara, no vas a tener tanta suerte, me oyes, imbécil, como vuelvas a hacerle daño otra vez, el que va a acabar en el hospital eres tú —le digo y lo suelto dándole un empujón.

El tío agacha la cabeza y se va sin decirme nada. En ese momento la veo aparecer, se me acerca y me da un beso en los labios. Se me pasa el cabreo de seguida, y ya en lo único que pienso es en tenerla entre mis brazos para siempre.

# Capítulo 20
# Mara

Cuando veo a Lucas, le rodeo el cuello y lo beso en los labios, creo que me he vuelto adicta a él, me encanta.

Nos montamos en el coche y me pregunta dónde quiero ir, le digo que podríamos ir a un bar de copas que hay en uno de los miradores de la ciudad. La temperatura es muy buena y apetece estar al aire libre.

Llegamos y entramos en el lugar, es superchulo y hay mucha gente, pero en plan tranquilo.

—¿Te gusta el sitio? —me pregunta Lucas.

—Me encanta. ¿Has visto qué vistas hay? Está superbién.

El camarero viene a nuestra mesa y nos pedimos un par de copas. Lucas me tiene de la mano cogida, y no deja de besármela.

—¿Sabes?, todavía no me creo que estemos aquí, que estemos juntos.

—Ya, a mí también me pasa lo mismo.

—Sé que te lo he dicho ya, Mara, pero es que, de verdad, estoy muy arrepentido de cómo te traté el otro día. Después de lo bien que lo pasamos, lo jorobé, pero bien.

—Ya está, Lucas, vamos a olvidar las cosas, vale; seguir pensando en esas cosas solo nos hace daño —le digo y le doy un beso.

El tiempo, cuando estás a gusto, pasa volando, y cuando queremos darnos cuenta es la hora de irnos, yo a mi casa y Lucas tiene que irse al bar.

—Espera un momento, Lucas, voy al baño y en seguida salgo —le digo.

Voy al baño y, cuando salgo, me encuentro a Lucas hablando con una chica. Además, se nota que hay confianza entre ellos, están demasiado cerca y ella no deja de toquetearle los brazos y se le acerca demasiado. Bueno, no quiero pensar mal, puede ser una prima, una vecina, qué sé yo. Lo veo sonreír mucho con ella, y cuando se da cuenta de que lo he visto, se pone serio y cambia la expresión. Me acerco a ellos.

—Ya estoy, cuando quieras, podemos irnos —le digo molesta.

La chica me mira de arriba abajo, y, la verdad sea dicha, es guapísima, y tiene muy buen tipo, comparado conmigo, tengo las de perder.

—Bueno, Lucas, nos vemos, ya me acercaré por el bar y echamos un ratito, vale.

Le está tirando la caña, pero, vamos, y delante de mí, no se corta. Ya sé yo qué tipo de ratitos quiere echar con él.

Lucas le da un beso en la mejilla y le dice que cuando quiera se pase por el bar y que se toman algo, y yo que no me lo puedo creer, pero este tío es tonto o qué pasa, después dice que si siempre tiene que estropearlo todo, pero, joder, es que salimos de una y nos metemos en otra.

Vamos hacia la salida y quiere cogerme la mano. Me suelto de su agarre y echo a andar delante de él.

—¿Qué pasa, Mara? —me dice.

—¿Qué me pasa? Encima me preguntas. ¿Por qué le has seguido el rollo a esa chica, Lucas?

—A ver, es una amiga.

—Solo amiga. Dime una cosa, habéis follado...

Me mira muy serio. No hace falta que me conteste.

—Qué bien. Ella tontea contigo delante de mí, tú le das pie, porque encima le dices que vaya cuando quiera a tomarse algo. Muy bien, Lucas. ¿Sabes qué? Tienes razón, siempre tienes que joderlo todo —le digo todo eso y me meto en el coche.

—Nena, no te enfades, vale, es solo una amiga, ya está.

—¡Que no es amiga! —le grito—. Habéis follado, eso es otra cosa, joder. Y lo que me molesta de verdad es que no la has cortado, le has dado alas a que piense cosas, coño, y yo delante, Lucas. Dónde me deja eso a mí. Sabes qué, solo ponte en mi lugar, solo eso, a ver cómo te sentaría a ti.

Me mira, todavía estamos en el aparcamiento. Me toma de las manos.

—En serio, nena, con lo que hemos pasado, ¿crees que voy a joderlo todo por un polvo? Mara, estoy loco por ti, solo quiero estar contigo, besarte a ti, tocarte, llevarte al cielo con mis manos, me muero por volver a sentirte. Ya pueda venir ella o mil como ella que en mi mente y en mi corazón solo estás tú —me dice eso y me desarma.

Me coge la cara con las manos y me acerca a él, pone su frente sobre la mía.

—Solo quiero que confíes en mí. —Me acaricia la nariz con la suya.

Entonces estampa sus labios en los míos, me pasa la lengua por mis labios y abro la boca, invitándolo a meter su lengua y que dance junto a la mía. Mete una mano por dentro de la camiseta y pasa sus dedos por encima de mis pechos, me los acaricia con mucho mimo. Yo le paso una mano por encima de su entrepierna, está duro como el acero. Nuestras respiraciones ya están más agitadas y jadeamos uno en la boca del otro.

—Espera, nena, aquí no —me dice con voz ronca.

Lo veo arrancar el coche y salir pitando del aparcamiento, está conduciendo como un loco y ahora mismo no sé por dónde vamos. Acabamos de entrar en un camino de tierra, y deja el coche en la zona más oscura.

—Ahora sí, ven aquí.

Me coge y me pone encima de él a horcajadas. Con su lengua me recorre el cuello y el escote, me quita la camiseta y me saca un pecho por encima de la copa del sujetador, se lo lleva a la boca y, joder, qué gusto tengo. Con una mano en el culo, me hace moverme sobre su entrepierna y noto como se me humedecen las bragas; lo que me pasa con este hombre no es normal.

Comenzamos a arrancarnos la ropa como podemos, porque estamos muy estrechos, pero, aun así, en nada estamos desnudos. Coge de la guantera del coche un preservativo y se lo pone de tirón. Me levanto un poco para que él coloque su erección en mi entrada. Una vez ahí, comienzo a bajar, despacio, acostumbrándome a su tamaño. Cuando ya estoy completamente ensartada por su hombría, es cuando comienzo a moverme de verdad. Me apoyo con los brazos en el volante y le ofrezco los pechos, los cuales devora al momento, sin dejar de mover las caderas.

—Joder, nena, cómo te mueves. Sigue así y no pares —me dice jadeando.

Y no paro, ni cuando me corro entre gritos encima de él paro. Solo lo hago cuando logro llevarlo a lo máximo del placer, es increíblemente erótico escucharlo jadear en mi oído. Me encanta ser yo quien lo lleva al clímax.

—Ha sido increíble, nena, me encanta cuando llevas las riendas —me dice y me da un beso suave en los labios.

—Puf, ha sido más que increíble —le contesto con la cabeza sobre su pecho.

Me pongo en mi asiento y nos vestimos. Tenemos que esperar un rato más a que a los cristales se les quite el vaho.

—Me hubiera encantado que la próxima vez que lo hubiéramos hecho hubiera sido en una cama. En la mía, para ser más exactos, pero es que no he podido aguantar —me dice y nos reímos.

Arranca y nos vamos. Al final nos hemos entretenido más de la cuenta, y cuando me deja en mi casa, lo beso rápido y me bajo, quedamos en que mañana hablamos.

# Capítulo 21
## Mara/Lucas

Cuando llego a casa, mis padres y Enzo duermen. Con cuidado de no despertarlos, me cambio y me meto en la cama. A la mañana siguiente me levanto para ir a trabajar, pero al ser sábado, Enzo no tiene colegio, así que lo dejo que duerma más.

Voy a la cocina y ya mi madre está allí. Me da una taza de café y se toma ella otra.

—Bueno, anoche, ¿cómo te fue con Lucas? —me dice.

—Bien, estuvimos tomándonos unas copas, y la verdad que bien —le contesto.

—¿Y hoy os veréis?

—Pues no sé, mamá, quedamos en hablar por teléfono a ver qué hacíamos.

Mi madre me sonríe, está feliz por mí. Después del café, voy al baño, me lavo los dientes y ya estoy lista. Me despido de mi madre hasta el mediodía y salgo directa para la tienda.

Cuando llego, saludo a Merche y hablamos un rato. Le cuento lo que ha pasado en mi vida los últimos días y, aparte de flipar un poco, está feliz por mí.

Dejamos de hablar porque ya empiezan a entrar clientas. La mañana se me hace eterna, estoy deseando llegar a casa, estoy cansada. A la una y media me despido de mi amiga y voy andando a mi casa. Me suena el móvil.

—Hola, nena, ¿qué haces? —me dice mi chico.

—Pues ahora mismo andando para mi casa —le digo yo.

—¿Por qué no me has llamado? Podría haberte ido a buscar —me dice.

—No, para qué voy a molestarte, tampoco está tan lejos y a mí me gusta caminar.

Después de decirme que no es molestia para él, al contrario, así me ve, me dice que esta noche podríamos cenar en su casa. Que él se encargaría de prepararlo todo y que me podría quedar a dormir allí. Él intentaría salir un poco más temprano del bar, o bien ir con él, aunque eso lo descarto rápido.

Le contesto que tengo que hablarlo con mi madre, que después lo llamo y le digo lo que sea.

Cuando llego a casa, mi niño me recibe encantado. Me dice que hoy ha salido con los abuelos a desayunar churros con chocolate, y que después fueron un rato al parque.

—Mamá, ya sé que a lo mejor es demasiado, pero ¿te importaría mucho si esta noche no vengo a dormir? Lucas me ha invitado a cenar en su casa y me ha dicho de quedarme allí —le digo un poco apenada.

—Claro que no me importa, cariño, es normal que queráis pasar tiempo juntos, hija. No te preocupes por el niño, ya sabes que tu padre y yo nos quedamos encantados con él —me dice.

—Gracias, mamá, la verdad, no sabría qué hacer sin vosotros. Mañana al mediodía vendríamos a por Enzo, vamos a ir a casa de los padres de Lucas y darles la noticia de que estamos juntos —le explico.

—Vale, pues tú esta noche te vas tranquila, pasa la noche con tu novio y mañana venís por el niño. Yo lo tendré vestido y con su mochila preparada —me dice.

—Gracias, mamá, eres la mejor, te quiero —le digo.

—Yo a ti más —me dice ella.

Después de comer, mientras mi padre y Enzo se echan un rato en el sofá, yo me meto en mi cuarto y aprovecho para llamar a Lucas. Le digo que me quedo esta noche en su casa, y no se lo puede creer, está eufórico. Quedo que a eso de las nueve estaré en su casa. Él quiere venir a buscarme, pero le digo que no, que cogeré un taxi.

Me preparo una bolsa con un pijama corto y algo de ropa interior. No necesito más.

Me meto en la ducha para afeitarme las piernas, hacerme las ingles, vamos, un completo. Me lavo el pelo y, cuando salgo de la ducha, me pongo a mirar mi armario, a ver qué me pongo.

Me decido por un vestido corto ceñido de color cereza, unas sandalias con un poco de tacón y mi perfume. El pelo me lo dejo suelto, y algo de rímel para resaltar mis ojos, y brillo en los labios, y ya estoy lista.

Mis padres y mi niño cuando me ven me dicen que voy preciosa. Mi padre se ofrece a llevarme, pero le digo que no, que llamo a un taxi.

Me despido de los tres y le recuerdo a mi madre que mañana recojo al niño para ir a casa de los padres de Lucas.

Cuando salgo, cojo un taxi y voy al encuentro con mi amor.


Ya tengo la cena preparada, la mesa puesta, el vino enfriándose. Acabo de salir de la ducha, me pongo unos vaqueros y una camiseta, me perfumo y listo, a esperar a que venga mi chica. Estoy nervioso. Llaman a la puerta, abro y ahí está mi diosa. Dios, está preciosa.

—Joder, nena, estás increíble. —La acerco a mí y le doy un beso.

La llevo al salón y nos sentamos en el sofá.

—Me va a costar dejarte después sola, pero intentaré venir temprano, te lo prometo.

—Tranquilo, Lucas, yo estaré esperándote en tu cama —me dice y me sonríe.


Coge mi mochila y la lleva a su dormitorio. Cuando vuelve al salón, me da la mano y vamos a la terraza, donde ha preparado una mesa a la que no le falta detalle.

—Guau, está perfecto, Lucas, muy bonito —le digo sincera y le doy un beso en los labios.

—Es nuestra primera noche oficial como pareja, y quiero que esté todo perfecto, aunque tenga que irme unas horas por trabajo. Intentaré recompensarlo por otro lado —me dice.

Me retira la silla para que me siente y va a la cocina. Viene con una bandeja y me dice que ha preparado solomillo a la pimienta con patatas panaderas. Dios, y huele de maravilla.

Me echa una copa de vino que está muy bueno y eso que yo soy más de refrescos. La verdad que la velada está resultando ser perfecta.

Hablamos de que mañana cuando vayamos a casa de sus padres les daremos la alegría de sus vidas. Hablamos de mi niño, de su trabajo, de todo un poco. Llega la hora del postre y me dice que, aunque a él le gusta otro tipo de postre, ahora tomaremos helado. Nos reímos.

Nos sentamos en el sofá a tomarnos unas copas de helado que ha preparado. Estamos muy juntos, me acaricia los brazos, se me acerca y me roza con la nariz el cuello.

—Ahora mismo lo que verdaderamente quiero es quitarte ese vestido tan mono que llevas puesto y meterme entre tus piernas toda la noche —me dice y me pone cardiaca—, pero no puedo, no quiero ni besarte, porque como lo haga, sé que no voy a ser capaz de parar —me dice en el oído.

—Y a mí me gustaría que lo hicieras y que no tuvieras que irte.

—Lo sé, nena, sé que odias mi trabajo, encima nuestros horarios son tan distintos. Me da miedo, porque tenemos muchas cosas en contra. Pero voy a poner todo de mi parte para que lo nuestro funcione. Quiero que estés tranquila, que no pienses cosas raras que no van a pasar. Quiero que confíes en mí, vale.

Entonces me besa, me besa y yo me derrito. Nuestras manos no dejan de acariciar el cuerpo del otro. No quiero que se vaya, quiero que esté toda la noche amándome, amándonos. Pero de pronto se para y se retira.

—Será mejor que paremos.

Me deja con la respiración agitada y excitada como nunca, pero él no está mejor que yo.

—Me voy, nena, porque, si no… —se queda callado—. Te dejo en tu casa. Que sepas que, si cuando llegue estás dormida, te pienso despertar, eh —me dice sonriendo.

—Eso espero —le digo.

Se va y me quedo sola en su casa. Me siento rara en una casa que no es la mía, me voy al baño.

Me ducho y me pongo mi pijama. Ya más cómoda, me echo en el sofá. Me pongo a ver la tele y me decido a ver una serie de Netflix que tiene muy buena crítica. La verdad que me engancha desde el principio. Cuando voy ya por el tercer capítulo, me suena el móvil, es él.

—Hola —le digo.

—Hola, nena. ¿Qué tal estás?

—Pues muy bien, en tu sofá gorroneándote Netflix.

Se echa a reír.

Me encanta escucharlo reír, tiene una risa tan masculina, tan varonil. Es tan él.

—Me encantaría estar ahí contigo —me dice apenado.

—Ya, y a mí que estuvieras.

Me dice que en un par de horas estará en casa. Le digo que en un rato me iré a la cama. Nos despedimos porque me dice que tiene que volver a la barra a ayudar a sus camareros.

Pienso en la de chicas que seguramente se le insinuarán a lo largo de la noche y me pongo mala. Tengo que dejar de pensar en esas cosas, no me ayudan. Ya se me han quitado las ganas de ver nada, así que apago la tele y me voy a la cama.


Estoy muy enfadado. Mara en casa, en mi cama, y yo que todavía no he podido irme, porque el local está a reventar. Son las tres y media y la gente parece que no quiere irse. Mis chicos están dándolo todo, así que no puedo irme y dejarlos tirados. Encima me he tenido que quitar de encima a varias chicas que no dejan de insinuarse.

Son casi las cinco cuando me puedo marchar. Llego a casa ansioso, está todo en silencio, estará dormida, claro está, así que me meto en el baño que hay en el pasillo y me doy una ducha. Cuando salgo, voy a mi habitación y la veo. Está dormida y lleva puesto un pijama de gatitos, me encanta mi chica. Me meto en la cama desnudo y la abrazo. Entonces, ella se vuelve y abre los ojos, me sonríe y me doy cuenta de que estoy donde quiero estar y con la persona que quiero estar. Esto de estar enamorado me está volviendo un poco moñas.

—No quería despertarte —le digo.

—No me mientas, querías despertarme —me dice y me río.

Entonces no puedo más y la tumbo de espaldas a la cama y me pongo encima de ella. Ella rodea mis caderas con sus piernas y puedo notar el calor que desprende su cuerpo. La beso, llevaba toda la noche pensando en las cosas que iba a hacerle, y ahora lo que quiero es besarla, sentir como su cuerpo se estremece y escucharla gemir en mi boca. Mi cuerpo reacciona al suyo y de seguida encuentra el camino a su centro. Pero yo no quiero que esto termine tan rápido, así que comienzo a dejar besos por su cuello, bajo a sus pechos, me entretengo un rato con ellos, bajo a su ombligo y le paso la lengua alrededor de él. Entonces, bajo un poco más y me coloco entre sus piernas. Le quito el pantaloncito de pijama y las bragas. Le pongo las manos en sus rodillas y le abro las piernas. La miro, está totalmente expuesta a mí y me encanta lo que veo. Le paso los dedos con suavidad por el interior de sus muslos hasta llegar a su sexo; una vez allí, le paso dos dedos por toda su abertura.

—Joder, estás muy mojada, nena —le digo.

Le introduzco dos dedos en su interior y comienzo a masturbarla, ella comienza a gemir y a moverse al encuentro de mis de-

145

dos. Noto como su sexo se contrae, le queda poco, así que meto la cabeza entre sus piernas y planto mi boca en su clítoris.

Primero le doy toques con la punta de mi lengua. Joder, me encanta su sabor. Mis dedos siguen haciendo su trabajo en su interior y entonces con mis labios comienzo a succionar su botoncito. Ella gime y grita de placer y, cuando comienza a temblar, explota en mi boca. Me encanta ver como se deja ir en mi boca. La miro, está guapísima después de haberse corrido como lo ha hecho. Me incorporo entre sus piernas y le doy la vuelta. Cojo un condón y me lo pongo. Al estar tan mojada, mi polla entra de tirón en su interior. Comienzo a moverme, la embisto con fuerza. Dios, se está tan bien en su interior.

Me queda muy poco, así que meto una mano por delante de ella y, con mis dedos, la llevo otra vez al clímax; noto como su sexo se contrae y aprieta mi polla, entonces, me viene tal orgasmo que se me nubla hasta la vista.

—Joder, nena, venía con mucha hambre de ti —le digo como buenamente puedo.

Nos reímos.

Estamos exhaustos, me salgo de su interior, le hago un nudo al condón y nos echamos en la cama. Le rodeo la cintura con mi brazo, estamos haciendo la cucharita y así nos dormimos.


Cuando me despierto, miro a mi lado y ahí está, mi dios griego. Joder, es guapísimo, lo veo tan perfecto y me miro yo con mi celulitis, alguna que otra estría por mi barriga; cómo puede haberse fijado en mí. Le paso la mano por el flequillo y se lo retiro para atrás. Tiene los labios entreabiertos y su respiración es tan relajada, podría llevarme las horas muertas viéndolo, empapándome de él.

—Como sigas así, me vas a gastar —me dice con la voz ronca.

—Lo siento, no quería despertarte —le digo.

Entonces nos da la vuelta en un movimiento superrápido y me coloca encima de él a horcajadas.

—Siempre que me despiertes así desnuda y encima de mí, estaré encantado —me dice.

Me pone las manos en las caderas y comienza a moverme para que me frote contra él.

—Uff, nena, me pones muy cachondo, lo sabes, ¿no?

—Algo he notado por aquí abajo —le digo y nos reímos.

—Házmelo, Mara, hazme el amor, nena —me dice.

Coge un condón y lo abre con los dientes, me lo da. Se lo pongo y entonces me ensarto con su dureza. Él gime fuerte, eso me pone mucho; escucharlo gemir es de lo más erótico. Entonces comienzo a moverme, él se incorpora y me besa y me lame los pechos. Pone sus manos en mi culo y hace mis movimientos más bruscos. Dios, es demasiado el placer que siento, noto como el orgasmo se acerca. Lo noto a través de mi interior y entonces me corro. Grito de placer, en esos momentos me da igual quien pueda escucharme y, entonces, Lucas se corre detrás de mí. Sus gemidos son un poco más silenciosos que los míos. Una vez que nos hemos liberado, nos tumbamos en la cama y me abraza.

—Quiero hacer esto todas las mañanas, nena.

—Pues lo tenemos un poco complicado —le digo.

Me levanto corriendo y voy al baño, me hago mucho pis. Lucas se ríe cuando salto de la cama.

—Casi no llego —le digo cuando salgo.

—Anda, ven aquí, que te extraño —me dice.

—Lucas, no seas malo, tenemos que ir a mi casa, y después a casa de tus padres —le digo.

Pero ya no me deja hablar porque me besa y me entretiene con su lengua. Nos amamos una vez más, es como si no pudiéramos estar separados

Y me encanta. Me encanta estar entre sus brazos.

# Capítulo 22
# Mara/Lucas

Cuando llegamos a casa de mis padres, ni qué decir que están encantados de vernos tan bien. Otro que está igual de feliz es mi niño; después de darme un beso se va con Lucas.

Lo lleva al salón y le enseña los juguetes con los que están jugando. Lucas, de seguida, se pone a jugar con él. Los dejo ahí y me meto en el baño a darme una ducha rápida y cambiarme de ropa. Cuando termino y voy al salón, veo que están mis padres con ellos; mi madre ha puesto unos refrescos y están tomándose un aperitivo. Mi padre me pone un vaso con refresco que le agradezco, me lo tomo rápido, porque tenemos que ir a casa de los padres de Lucas.

Lucas les dice a mis padres que si quieren pueden acompañarnos, ellos se lo agradecen, pero le dicen que no, que hoy es para que le demos la sorpresa los tres. Ya otro día quedaremos todos para celebrar.

Nos despedimos de mis padres. Salimos de mi casa y Enzo va de la mano de Lucas, me parece mentira verlos así. Cuando salimos del portal, nos encontramos de cara con Adrián. Noto como Lucas se tensa y veo la cara de Adrián, acaba de darse cuenta de que Lucas y Enzo van de la mano. Le pongo la mano en el brazo a Lucas.

—Por favor, monta a Enzo en el coche y esperadme dentro, vale.

Lo hace a regañadientes, mientras, me acerco a mi amigo.

—Hola, Adri —le digo.

—Hola, Mara, ¿cómo estás? —me dice.

—Estoy bien —le contesto.

—Mara, yo… Lo que pasó el otro día…, estoy muy arrepentido.

Y lo hago callar.

—No digas nada, por favor. Vamos a olvidarlo, vale.

—Te veo feliz —me dice él.

—Es que lo soy. Estoy muy enamorada. —Lo veo y agacha la cabeza—. Espero que pronto también encuentres tú a esa persona especial y que te haga feliz —le digo sincera.

—Ojalá, y me alegro mucho por ti, Mara. Espero que sepa valorarte y que te haga muy feliz —me dice y lo veo sincero.

—Ya lo hace —le digo.

Le doy un beso en la mejilla y nos despedimos. Me monto en el coche y Lucas está muy callado, lo noto tenso.

—Que, te habrá pedido disculpas, ¿no? —me dice.

—Sí, está arrepentido, Lucas. A las personas a veces hay que darles una segunda oportunidad, yo a ti te la di.

Se queda callado.

Llegamos a casa de sus padres. Lucas saca de la guantera del coche el mando de la puerta y la abre. Aparcamos.

Vemos que los padres de Lucas salen de la casa y se quedan quietos y con la boca abierta al vernos salir a los tres del coche.

—Emiliaaa. Manuelll.

Ese es mi niño que sale corriendo hacia ellos.

Manuel lo coge y se dan un abrazo. Después se pasa a los brazos de Emilia y hacen lo mismo, este niño es tan zalamero.

—Qué pasa, campeón. ¿Has venido a jugar al futbol conmigo? —le dice Manuel.

—Síííí —le contesta.

Mientras Enzo y Manuel hablan de juegos, Emilia se acerca a nosotros.

—Pero ¿y esta sorpresa? —nos dice Emilia.

—Pues eso, madre, una sorpresa que queríamos daros —le dice Lucas.

Emilia se acerca a nosotros y nos da un abrazo a los dos.

—Qué alegría acabáis de darme —nos dice emocionada—. Ya era hora de que abrieras los ojos —le dice a su hijo.

Entramos en la casa y Manuel se va con Enzo al jardín. Nosotros, mientras, ayudamos a poner la mesa.

—Mira, Mara —me dice Emilia.

Me enseña las fotos que le hizo a Enzo y a Manuel cuando se quedaron dormidos en el sofá.

—Están guapísimos —le digo.

Se las enseña a Lucas, él sonríe.

—En serio, no sabéis la felicidad que nos habéis dado, este es uno de los mejores días de mi vida. Muchas gracias —nos dice.

Me emociono, porque, la verdad, esta mujer, desde el minuto uno de conocerme, me trató como si fuera algo suyo. En ese momento entra mi niño con Manuel.

—Tenemos hambreee —dice mi niño.

—Enzo, cariño, las cosas no se piden así, vale. No seas male-ducado, que no estás en casa —le riño.

—Perdón, mami —dice mi niño.

—No le riñas al niño, Mara, él puede pedir lo que quiera y como quiera, porque esta casa es, a partir de ahora, la casa de sus yayos, ¿verdad, pequeño? —dice Manuel.

El niño lo mira extrañado, yo igual. Miro a Lucas, está serio.

—Entonces, ¿te puedo llamar yayo? —le dice inocente mi niño.

—Pues claro. Si quieres, me puedes llamar yayo, porque yo ya te considero mi nieto —le dice Manuel a mi niño.

—Qué guayyy, estoy deseando decirles a mis amigos que ten-go dos abuelos, como ellos —dice mi niño ilusionado.

Nos echamos a reír con las ocurrencias del niño, todos menos Lucas, y yo, que me doy cuenta, noto como me invade un dolor enorme en el pecho. Me cuesta respirar.

Todo lo que le ha dicho Manuel a mi hijo es muy bonito, pero no es real. Tengo ganas de llorar y tengo un nudo en la garganta que me impide coger aire. Me disculpo con todos y me levanto para ir al baño. Una vez dentro, es cuando me siento libre y dejo escapar todo lo que tengo dentro. Lloro, me desahogo con libertad. Una vez que dejo salir todo, me siento un poco mejor. Me miro en el espejo y pienso que he idealizado todo como si fuera una pelícu-la, o una novela, y nada más lejos de la realidad. Mi hijo es mío, y Lucas no lo verá nunca como un hijo, y eso duele, y mucho.

Me lavo la cara y ya estoy un poco más tranquila. Me retoco un poco el pelo y decido salir ya. Cuando abro la puerta, veo que Lucas está esperándome apoyado en la pared de frente al baño.

—Lo siento —me dice con la cabeza gacha.

—¿Que sientes exactamente? —le pregunto—. ¿Sabes qué?, mejor no digas nada, voy a bajar, porque no quiero estropearles el día a tus padres, pero cuando estemos un rato más, cojo a mi hijo y me voy a mi casa —le digo intentando que las lágrimas no salgan de nuevo.

Bajamos al salón. La verdad ahora mismo me gustaría poder estar en casa con mis padres, pero ni Emilia ni Manuel tienen culpa de nada.

—Mami, mira qué rica la comida que ha preparado María —dice mi niño.

—Sí, ya lo veo, cariño —le contesto.

Pero, claro, a mí ya se me ha quitado el apetito. Tengo que hacer un esfuerzo enorme para que los padres de Lucas no se den cuenta de nada, pero si algo tengo es que yo no sé disimular. A Lucas ni lo miro, está hablando con su padre de algo relacionado con un caso, pero Emilia no me quita ojo. Estoy muy incómoda, así que, cuando terminamos de comer, ayudo a Emilia y María a recoger todo.

—¿Estás bien, Mara? —me pregunta Emilia.

—No mucho, no voy a mentirte, ¿te importa si nos vamos? Es que no me encuentro bien —le digo.

—Claro que no me importa, cariño, pero lo que sí te digo es que no dejéis las cosas así. Hay que hablarlas —me dice cariñosa.

Le doy un beso en la mejilla y le digo que ya nos veremos otro día. Salgo al salón donde están Lucas, Manuel y mi niño, y le digo a Enzo que nos vamos a casa. Lucas me mira sorprendido, pero se levanta de seguida. Me acerco a Manuel, y tanto mi hijo como yo nos despedimos de él con un beso.

Llevo a mi hijo de la mano y lo monto en su sillita. Me siento en el asiento del copiloto y Lucas arranca el coche y nos vamos. El niño, antes de salir de la urbanización, ya está dormido. Lucas y yo vamos en silencio, hasta que él lo rompe.

—Lo siento de verdad, Mara. Me asusté cuando escuché decir a mi padre aquello y…

Lo corto.

—No digas más, Lucas. ¿Sabes una cosa?, yo también me asusto de muchas cosas, pero ¿sabes qué?, le echo valor. Tú, en cambio, eres un cobarde, y yo a mi lado quiero a un hombre seguro, no uno que se asuste a la primera de cambio. Yo no le dije a tu padre que le dijera eso a mi hijo, salió de él, igual que tampoco te he pedido a ti que seas un padre para mi hijo. Yo solo me conformaba con que fueras un buen referente para mi pequeño, que aprendiera de ti lo que está bien y lo que está mal, pero nunca te pediría que lo trataras como un hijo, porque sé que no es lo que quieres —le digo aguantándome las lágrimas. Pero es algo que no puedo evitar y ya las lágrimas bajan por mi cara.

Lucas se mete en una carretera secundaria y echa el freno de mano.

—Nena, perdóname, por favor, no puedo verte así —me dice e intenta acariciarme la cara, cosa que no hace porque me retiro.

—Cómo no te gusta verme, Lucas, llorando, pues te voy a dar un dato, desde que te conozco no dejo de llorar. Ni cuando el padre de mi hijo me dejó he llorado más que desde que te conozco —le digo.

Él baja la mirada. Suspira y mira al frente, pero sigue callado.

—¿Sabes qué?, lo que realmente me duele es que mi niño es totalmente inocente a las decisiones que tomamos los adultos, y yo, lo que he intentado desde el principio era que él no sufriera ningún tipo de rechazo. Me duele que el rechazo sea de tu parte. Mi niño no sabe lo que es tener un padre, sabe que tiene un abuelo que daría su vida por él, pero, aunque sabe que no tiene padre, mi niño es feliz, muy feliz. Tanto mis padres como yo hemos intentado que él no crezca con ese vacío. Tus padres, desde que lo conocieron, le dieron mucho cariño, cosa que él acepta y devuelve de la misma manera, totalmente desinteresada —sigo hablando—. Pero tranquilo, hablaré con mi niño y le diré que llame a tus padres por sus nombres y también le dejaré claro cuál es tu sitio en todo esto. Ah, y tranquilo, que no te llamará papá.

—Mara, joder, déjame que me explique —me dice y le veo los ojos llorosos.

—Qué quieres decirme, Lucas. —Ya no puedo más y exploto en llanto—. Es que esto es a lo que yo más temía, a que mi hijo tenga que sufrir el rechazo de personas y sufra. Por favor, arranca y vámonos. Necesito estar en mi casa.

Y eso hace, arranca y lo que queda de camino lo hacemos en el más absoluto silencio.

# Capítulo 23
## Mara/Lucas

Cuando llegamos, me bajo del coche, veo que Lucas hace el intento de bajar también.

—No hace falta que te bajes, yo puedo con todo —le digo.

Se queda en su sitio, yo cojo y me pongo la mochila al hombro y cojo a mi niño, que sigue dormido y lo acuno en mis brazos.

Entro en el portal y veo a través de los cristales que Lucas arranca el coche y se va; ya no puedo más con este tira y afloja en nuestra relación. Cuando estamos solos es todo maravilloso, pero en cuanto aparece mi hijo en escena ya la cosa cambia. Cuando abro la puerta de mi casa, ya mis padres saben que me pasa algo, pero no me dicen nada.

—Dame al niño, Mara —me dice mi padre—. Ve y relájate, te irá bien —me dice.

Le doy un beso y eso hago. Dejo a mi niño con sus abuelos y me meto en el baño, preparo la bañera y me meto en ella.


Cuando llego a mi casa, lo primero que hago es recibir una gran bronca de mi madre, me llama para decirme que me he comportado como un auténtico idiota. Como si yo no lo supiera. Le digo que se tranquilice, que voy a solucionar las cosas, pero claro, no me cree nada de lo que le digo. Me meto en el cuarto de baño y me doy una ducha, no dejo de recordar todo lo que me ha dicho Mara. Su cara de decepción y, sobre todo, me ha dolido el que me dijera que desde que me conoce no ha parado de llorar. Joder, lo que yo quiero es todo lo contrario, hacerla feliz, pero, claro, si a la primera de cambio me asusto como un puto crío. Tengo que pensar bien las cosas, pero lo primero es hacer que Mara me perdone.

Ya estoy algo más relajada. Nos sentamos los cuatro a la mesa a cenar, sigo sin tener apetito, pero me obligo a comer algo. Cuando terminamos, recogemos la mesa, y mi padre y Enzo se ponen a ver la tele. Me meto con mi madre en la cocina, la ayudo a lavar los platos.

—Hija, ¿estás bien? —pregunta preocupada.

—No, mamá, no lo estoy —le digo.

—Sabes que conmigo puedes hablar de lo que sea.

—Lo sé, mamá.

En ese momento me suena el móvil. Es él.

—Cógelo, Mara, las cosas hay que hablarlas —me dice.

Cojo el móvil y salgo a la terraza.

—Dime —contesto secamente.

—Mara, necesito hablar contigo —me dice Lucas.

—Pues que yo sepa ya lo estamos haciendo —le digo.

—Nena, voy de camino a tu casa, baja, por favor. Lo que voy a decirte, quiero decírtelo en persona —me dice serio.

—Está bien, yo también tengo algo que decirte —cuelgo.

Le digo a mi madre que voy a bajar a hablar con Lucas. Ella asiente con la cabeza.

Cuando salgo del portal ya está el coche de Lucas aparcado. Voy hacia él. Me meto dentro del coche, estoy nerviosa y noto que él también lo está.

—Déjame hablar a mí primero, vale, voy a ponértelo fácil —le digo yo—. Sé que has hecho un esfuerzo por intentarlo, pero no debería de ser así, no hay que intentar nada, solo dejar que todo fluya, y lo nuestro no fluye. Mi hijo, aunque tú no lo digas, es un impedimento muy grande en nuestra relación, entonces, lo mejor es que dejemos las cosas como están, sin rencores. Te entiendo, de verdad, a ti te encanta tu vida tal cual, y lidiar con un niño no es fácil, más si no es tuyo, pero yo te lo dije desde el principio, para mí siempre será lo primero y estará por encima de cualquiera. Tú quédate con tu libertad y con tus miedos, pero, mira, algo te has llevado. Desde que me conociste, quisiste meterte entre mis piernas, y eso que te llevas. Oye, que yo también, no te voy a negar que lo he pasado muy bien contigo y sabes cómo hacer disfrutar a una mujer. Así que nada, tú vuelve a tu vida de soltero y yo me quedo con mi vida, que es mi hijo.

Ya está, ya lo he dicho todo.

Él está callado, solo me mira. Tiene el ceño fruncido, se nota que está tenso. Yo ya le he dicho todo lo que tenía que decirle, así que pongo la mano en la maneta de la puerta para abrirla, pero Lucas me pone la mano en el brazo y me lo impide.

—¿No vas a dejar que me explique? —me dice.

—Para qué, ya sé que me vas a decir que te asustaste, que esto es mucho para ti, y sabes qué, Lucas, esto no me compensa, prefiero estar sola a estar así —le contesto.

—Veniros a vivir conmigo —suelta de pronto.

—¡¡¡QUÉ!!! ¿Qué has dicho, Lucas? —le digo sorprendida.

—Eso, que quiero que os vengáis a vivir conmigo. Cuando mi padre le dijo eso al niño, vale, me asusté, pero me gustó. En ese momento nos vi como una auténtica familia, y la verdad me gustó mucho esa sensación. Mi problema fue callarme, no decírtelo en el momento y dejar que pensaras otra cosa —me dice.

Estoy que no me creo lo que oigo. Lucas quiere que vivamos juntos.

—Por Dios, Lucas, no sabes lo que dices.

—Sí, lo sé, cariño. Quiero que estemos los tres en casa; quiero no tener que verte a ratos; quiero que, cuando llegue hasta los cojones del trabajo, encontrarte en casa y poder abrazarte; quiero poder ser un referente para Enzo; quiero que aprenda conmigo, poder llevarlo al futbol y que cuando sea mayor, me cuente sus cosas y poder aconsejarlo. Quiero que me vea como un padre, porque yo ya lo veo como un hijo —me dice.

Lágrimas comienzan a salir de mis ojos, pero estas son de felicidad.

—No quiero hacerte llorar más, Mara. No sabes lo que me ha dolido que me dijeras que desde que me conoces no dejas de llorar, yo solo quiero hacerte feliz.

—No sé, Lucas. No quiero volver a equivocarme. Vivir juntos es un paso muy importante, y no quiero que con el tiempo te des cuenta de que eso no es lo que querías o lo que esperabas. Vivir con un niño no es fácil, sabes; hay horarios, desorden, llantos, gritos. Tú eres muy estricto con el orden, tu casa parece un museo, y no quiero que al poco de vivir juntos ya estés arrepentido. Tampoco quiero que mi hijo se acostumbre a tu presencia y te coja cariño y, después… No quiero repetirme siempre con lo mismo, Lucas, yo puedo soportar cualquier cosa, pero lo único que no soporto es ver malas caras hacia mi hijo, ver que lo hacen a un lado, no quiero que sufra —le digo.

Veo que está nervioso, no deja de frotarse las manos. Entonces me toma de las mías.

—Mara, ¿crees que, si no estuviera seguro, te pediría una cosa así? En serio, quiero que seamos una familia, te quiero, estoy enamorado de ti, y por consecuencia quiero a tu hijo, ese pequeño me ha robado el corazón. Quiero que seamos una familia, Mara, y si más adelante podemos ampliarla, mejor. Me encantaría —me dice y no me lo puedo creer.

Y yo, que sigo llorando. Entonces, Lucas me coge de la cara con sus manos y me acerca a su cara, pone su frente en la mía y suspira.

—Nena, te quiero, te quiero como creí que no podría querer en la vida —me dice y me deja un beso en los labios.

Dejo que me bese, porque, después de todo lo que me ha dicho, ya estoy en sus manos otra vez, y porque me vuelve loca su boca.

—Déjame que me lo piense, vale, es una decisión muy importante y no quiero precipitarme —le digo.

—Vale, nena, pero no tardes, sabes que la paciencia no es una de mis virtudes —me dice y nos reímos.

Nos despedimos, ya que él tiene que irse al bar y yo me voy a casa. Quedamos en hablar mañana.

—¿Todo bien, hija? —pregunta mi madre.

Le cuento lo que me ha dicho Lucas. Se queda de piedra, igual que me quedé yo. Me dice que piense bien las cosas y que está segura de que tomaré la decisión correcta, como siempre.

Me voy a mi cuarto, ya mi niño está dormido. Me pongo el pijama y me meto en la cama con él, lo abrazo. Me encanta sentirlo, olerlo, es lo mejor del mundo. Yo, como cualquier madre, lo único que quiero es que mi hijo crezca sano y feliz, y por eso tengo que pensar muy bien las cosas.

# Capítulo 24
## Lucas/Mara

Cuando llego al local me voy directo a mi despacho, la cosa hoy está tranquila, así que me siento e intento poner mis ideas en orden. Pienso en lo que hemos hablado Mara y yo, en el paso tan importante que quiero dar con ella, cuando llaman a la puerta. Se abre; es Jessica.

—¿Puedo pasar, Lucas?

—Claro, pasa. ¿Ocurre algo? —le digo preocupado.

Se me acerca y se sienta coqueta en el borde de mi mesa. Malo. Sé lo que busca.

—No pasa nada, bueno, nada malo. Solo me preguntaba cuándo podemos quedar tú y yo un rato, tú sabes.

Lo sabía.

—No podemos, Jessica. Tú y yo hemos follado unas cuantas veces, y ha estado bien, no te lo niego, pero estoy empezando algo serio con una chica, y no voy a joderlo, entiendes —le digo tranquilo.

—Para mí tú has sido más que un polvo, Lucas —me dice.

—Pues lo siento, Jessica, para mí tú has sido como las demás, ni más ni menos. Lo siento, vale, y comprendo si no quieres seguir trabajando para mí, pero tienes que entender que la única relación que me interesa tener contigo es laboral —le digo.

Se queda callada, está pensando. Se levanta y se pone delante de mi mesa, se toca el pelo nerviosa; yo la miro tranquilo.

—Está bien, Lucas, no volveré a intentar nada contigo, pero me gustaría poder seguir trabajando contigo, si no te importa —me dice.

—Está bien, por mí no hay problema, siempre y cuando sepas cuál es tu sitio —le digo.

Ella asiente con la cabeza y sale de mi despacho en silencio. Joder, vaya manera de comenzar la noche. Pero tengo que jugar muy bien mis cartas para no joderlo con Mara. Lo primero, darle espacio y el tiempo que me ha pedido, y otra cosa es que se dé cuenta de que voy en serio con lo de comenzar una vida juntos.

Pero claro, en mi casa no hay habitación para el niño, a no ser que, me pongo a bichear por internet dormitorios infantiles. Mañana hablaré con mi madre y le contaré mis planes. Espero que pueda ayudarme.

La noche la paso en el despacho. Hoy la cosa está tranquila y decido irme a casa. Cuando salgo, veo que Jessica está hablando con un chico, muy acaramelada; ya veo que está pasando página, mejor.

Llego a mi casa y me doy una ducha. Necesito tomarme una copa. Estoy demasiado nervioso como para dormir ya. Me echo una copa y me siento en la terraza. Cuando me la termino y veo la hora, me doy cuenta de que llevo casi dos horas en la terraza pensando en mis cosas.

Me levanto y me voy a mi dormitorio, me meto en la cama y me echo a dormir. Por la mañana, en cuanto me levanto, llamo a mi madre, le cuento por encima lo que quiero hacer y me dice que al mediodía viene a casa, que ella trae la comida.

Al las dos en punto aparece por mi casa. Trae de comer lasaña que ha hecho María, que, al saber que venía a verme, la ha hecho, sabe que es de mis comidas favoritas. Después de comer, nos ponemos a mirar por internet. Vemos varios dormitorios de niños, al final, elegimos uno que a mi madre le encanta. Hacemos el pedido. En cuatro días me llega, así que tengo que darme prisa en vaciar el despacho.

Mi madre se queda conmigo toda la tarde. Vaciamos varios estantes con papeles y lo ordenamos en cajas. Le digo que cuando lo tenga todo listo lo llevaré a su garaje, aquí en mi casa no cabe.

La semana se me hace dura. Entre vaciar el despacho, pintar las paredes y cuando vinieron a montar la habitación, hay que sumarle el no ver a Mara, me pidió tiempo y eso he hecho.

Hemos hablado todos los días, pero no le he dicho nada de lo que he estado haciendo en casa.

El sábado ya está todo listo. Así que decido ir a por Mara. Al mediodía voy a buscarla a la tienda.

—Hola, Merche —le digo a su amiga al entrar en la tienda.

—Hombre, si está aquí don desaparecido. —Me da dos besos—. No quieres nada con los pobres, eh, chaval —me dice Merche.

—He estado muy liado, pero lo mismo podría decirte yo a ti, hace tiempo que no te pasas por el bar —le contesto.

—Ya, últimamente estoy muy casera.

Charlamos un poco más, hasta que veo que Mara se nos acerca.

—¿Qué haces aquí, Lucas? —me dice.

—He venido por ti. —Me acerco a ella y le doy un beso en la mejilla—. Venía a invitarte a comer —le digo.

—Es que yo había quedado con Merche y Adrián para comer.

Me tenso en cuanto escucho el nombre de su amigo.

—Bueno, Mara, no pasa nada. Vamos Adri y yo —nos dice Merche, y yo le guiño un ojo agradeciéndole el favor.

Salimos de la tienda, le digo de comprar algo y lo comemos en casa. Nos decidimos por comida mexicana. Entramos en el restaurante y, mientras esperamos que nos preparen el pedido, nos sentamos a tomarnos un refresco.

—¿Qué tal has estado estos días? —me pregunta Mara.

—Liado, pero bien. Ya sabes, el bar; también he hecho algo de reformas en casa, así que nada, entretenido —le digo.

El camarero nos avisa de que ya está nuestro pedido, así que nos levantamos y vamos a la barra. Pago la comida y como siempre me enfado con ella por su manía de querer pagar siempre.

Salimos del restaurante y nos montamos en el coche. En nada, diez minutos, estamos subiendo en el ascensor a mi casa. Estoy nervioso, deseando que vea lo que he hecho. Todavía no hemos hablado, ni le he preguntado si tiene una respuesta a mi propuesta. Primero quiero que vea el cuarto del niño y ya después que me conteste. Aunque claro, ahí no estoy jugando limpio. Porque primero le enseñaré la habitación y, ya una vez que la vea, espero no llevarme un chasco.

Preparamos la mesa y nos sentamos a comer. La comida está muy buena y damos buena cuenta de ello, porque nos lo comemos todo.

Después me ayuda a recoger las cosas y lavar los platos. Cuando ya está todo limpio, la cojo de la mano y la llevo a la puerta de la habitación.

—Quiero que veas lo que he hecho —le digo.

Ella está nerviosa, yo más. Abro la puerta donde hasta hace unos días estaba mi despacho. La miro, se lleva una mano a la boca sorprendida, y se queda plantada en la puerta.

—Lucas, ¿pero y tu despacho? —logra decir.

—Creo que es más importante que Enzo tenga su propio dormitorio —le digo.

La cojo de la mano y nos metemos dentro.

—Pero es que esto es demasiado —me dice.

Mira todo, pasa los dedos por los muebles, los juguetes…

—Nada es demasiado para Enzo —le digo.


Estoy sin habla. Lucas me ha dejado sin habla con lo que ha hecho, ha puesto una habitación para mi hijo en lo que era su despacho; una habitación perfecta, no le falta detalle. No dejo de mirarlo todo, pienso en Enzo y en cuanto lo vea. Sus juguetes favoritos y los cuentos que le gustan, están todos aquí, ha pensado en todo.

—¿No dices nada? —me pregunta Lucas.

—No sé, Lucas, es que no me esperaba esto. Es perfecta —le digo.

—Te dije que quería comenzar una nueva vida contigo, Mara. Lo dije en serio.

Me acerco a él y le pongo las manos en la cara, me pongo de puntillas y lo beso, un beso lleno de amor y agradecimiento. Esto que ha hecho es muy bonito. Me rodea la cintura con sus brazos para pegar mi cuerpo al suyo. Yo le paso los brazos por su cuello y es cuando profundizamos el beso. Me coge en volandas y yo pongo mis piernas alrededor de sus caderas, nos lleva hasta su dormitorio y me deja con cuidado sobre la cama.

—Te deseo, Mara —me dice en el oído mientras no deja de besarme el cuello.

—Yo también te deseo, Lucas —le digo a él.

Como podemos, porque no dejamos de besarnos y de tocarnos, nos quitamos la ropa. Nos quedamos completamente desnudos, ya no hay tela que nos estorbe. Él se dedica a besar y acariciar cada centímetro de mi cuerpo; yo hago lo mismo con el suyo. Le acaricio el torso, los brazos, su espalda. Todo él es una obra de arte.

Nos estamos tomando nuestro tiempo, no tenemos prisa.

—Te quiero, nena —me dice y yo me derrito—. No pensé nunca que algo así podría pasarme a mí, pero llegaste tú y me desarmaste por completo. Ya no podría vivir sin ti, estoy completamente enamorado de ti, y me encanta estarlo —me dice Lucas y yo creo estar en el cielo.

Lo beso, mi lengua entra en su boca en busca de la suya. Ahora soy yo la que le devora la boca.

—Yo también estoy enamorada de ti, Lucas, y para mí también es algo nuevo. Yo tampoco puedo vivir sin ti, quiero comenzar una nueva vida juntos y que estemos aquí los tres —le contesto.


No me lo creo. Me ha dicho que sí. Entonces, me vuelvo loco, quiero poseerla de todas las maneras posibles. Mi mano va hacia su sexo, con mis dedos toco su abertura y noto lo empapada que está. Quiero hacerla disfrutar como nunca.

—Nena, voy a hacer que te corras con mis dedos, mi boca y mi polla —le digo con voz ronca.

Entonces, con mis dedos comienzo a penetrarla. Primero un dedo y, cuando ya está lo bastante lubricada, le meto otro.

Mientras mis dedos siguen a lo suyo, me dedico a saborear sus pechos.

—Dios, Lucas, vas a matarme —me dice.

—No, nena, lo que quiero es que disfrutes —le digo.

Como noto que el orgasmo ya está cerca, con el pulgar comienzo a frotar su clítoris para hacerla explotar.

—Lucas, me viene, joder.

—Lo sé, nena. Venga, córrete para mí —le digo.

Entonces se corre, su cuerpo tiembla producto del placer y, cuando su cuerpo se queda relajado, me pongo encima de ella. La beso en la boca, le paso mi lengua por sus labios, los lamo y pongo mi boca en su oído.

—Ahora te voy a llevar al cielo con mi boca —le digo.

—Lucas, necesito tocarte —me dice ella.

—No, primero tú —le digo yo.

Bajo por su cuerpo, dejando besos por toda su piel.

—Lucas, no creo que pueda, acabo de co…

La hago callar cuando pongo mi boca sobre su sexo y con mi lengua comienzo a comerla por entera.

Escuchar como Mara gime y su cuerpo se estremece en mi boca es una de las mejores sensaciones que hay. Es que me encanta toda ella, me encanta su sabor. Mara se corre de nuevo en mi boca.

—¿Qué decías, nena?, ¿que no ibas a poder? —le digo.

Nos echamos a reír. Repto por su cuerpo hasta estar a la altura de su cara y entonces la beso.

—Pruébate, nena —le digo.

Entonces, sigo besándola. Ya no puedo más, mi polla va a explotar. Necesito estar dentro de ella ya.

—¿Puedo tocarte ya? —me pregunta ella.

—Puedes hacerme todo lo que quieras, soy todo tuyo —le digo.

Entonces, Mara se pone encima de mí y comienza a frotarse contra mi cuerpo. Y mi cuerpo reacciona. Se mueve como si estuviera cabalgándome, pero sin estar dentro de ella, y, aun así, creo que me correré pronto como no pare. Le planto las manos en los pechos y se los acaricio.

—Joder, nena, verte así es todo un espectáculo —le digo.

Y es la verdad. Verla encima de mí y moviéndose de esa manera es…

Ahora dejo sus pechos y las pongo en su culo. Mara se agacha para besarme el cuello.

—Voy a comerte ahora yo a ti —me dice excitada y excitándome a mí.

Se pone de rodillas entre mis piernas, me coge la polla y comienza a masturbarme. Dejo caer la cabeza sobre la almohada. La miro, está preciosa así. Cuando de pronto se agacha y se la mete en la boca, entonces, es cuando creo estar en el cielo. Dios, es demasiado el placer que me da con sus labios, cuando pasa la lengua por toda mi largura.

Me encanta escuchar gemir a Lucas de placer, es tan varonil, me pone mucho. Mientras, sigo a lo mío.

—Nena, como sigas así, me voy a correr en tu boca —me dice.

—Es lo que quiero —le digo.

Entonces se retira, nos levanta de la cama.

—Ponte de rodillas —me dice, y lo hago—. Ahora abre la boca.

Me gusta cuando se pone serio.

Hago lo que me dice. Entonces se coge su hombría y me la pone en los labios, yo saco la lengua y, entonces, él la mete de tirón hasta el fondo de mi garganta y comienza a moverse.

Me pone sus manos en mi cabeza y comienza a moverse, me folla la boca. Lo escucho como gime y sé que le queda poco para correrse.

—Me encanta tu boca y me encanta follártela —me dice Lucas.

Entonces noto como su cuerpo se tensa y como se derrama en mi boca. Lucas me ayuda a levantarme del suelo y entonces me besa. Me aprieta contra su cuerpo y noto como se pone duro otra vez. Como puede recuperarse tan rápido este hombre.

Nena, sube a la cama y ponte a cuatro —me ordena.

Lo hago, me excita que me diga lo que tengo que hacer. Entonces noto como coge su hombría y la pasea por mi culo.

—Me encanta tu culo, y algún día me lo follaré, nena —me dice en el oído.

Joder, me pone a cien.

Veo como coge un preservativo y se lo pone.

—Me vuelves loco, joder.

Entonces me penetra. De una sola embestida llega a lo más profundo de mi ser. Grito porque el placer es tan intenso que no lo puedo evitar. Sus gemidos acompañan a los míos, somos uno. En la habitación se escucha la mezcla de nuestros gemidos y el sonido de nuestros cuerpos al unirse convirtiéndose en un solo cuerpo.

El orgasmo nos viene a la vez. Creo morir, cada orgasmo con él es más intenso. Sale de mi interior y de momento me siento vacía. Me ayuda a incorporarme y con cuidado me deja caer sobre la cama. Se pone a mi lado y, cuando estamos cara a cara, me besa, suave, despacio…

—Te amo —me dice.

—Yo a ti más —le digo yo.

# Capítulo 25
# Mara/Lucas

Me despierto y Lucas me tiene agarrada por la cintura. Dormido y todo está guapísimo, es increíblemente varonil. Su cuerpo es espectacular y, joder, es verlo así, completamente desnudo, y me dan ganas de… No me lo pienso, con cuidado de no despertarlo, me pongo a la altura de su pelvis y con decisión le agarro el pene. Comienzo a acariciarlo muy despacio, suavemente. Lo miro a ver si veo alguna reacción en su cara. Comienza a gemir, los ojos los tiene cerrados todavía, pero su respiración está agitada y comienza a mover las caderas. Yo estoy muy excitada, ver como su cuerpo reacciona a los movimientos de mi mano me pone mucho. Miro su pene y entonces no me lo pienso y me lo meto en la boca. Lo saco y le paso la lengua por toda su largura, así unas cuantas veces hasta que me lo vuelvo a meter hasta el fondo; sigo chupándosela cuando me doy cuenta de que está abriendo los ojos.

—Joder, nena, creía que estaba soñando —me dice con la voz somnolienta.

Yo sigo con lo mío y acariciándolo a la misma vez. Los gemidos se oyen cada vez más y entonces me hace parar.

—Para, para, nena.

Lo miro divertida.

Me paso los dedos por el borde de mis labios y lo miro. Me sonríe y, joder, me coloco encima suya a horcajadas, cojo un preservativo de la mesilla y lo abro con los dientes.

—Dios, nena, me has puesto muy cachondo —me dice.

Me quita el preservativo de las manos y se lo pone rápidamente, con mucha agilidad, y entonces me da la vuelta como si fuera una pluma y me pone a cuatro, me da un par de cachetes en el culo y me penetra; de una sola embestida me la mete hasta lo más profundo de mi ser. Se queda quieto, mi cuerpo se tiene que acostumbrar a su gran tamaño, y entonces se mueve. Y como mueve este hombre las caderas. Entonces me ayuda y me incorporo, ahora mi espalda está pegada a su pecho, a su duro pecho; este hombre lo tiene todo duro, joder. El placer que siento es muy intenso porque en esta postura la penetración es más profunda. Él pasa una mano por delante y entonces llega a mi sexo y me acaricia con sus dedos hábiles. El orgasmo me llega y me asola todo el cuerpo. Con Lucas siempre es así, sabe cómo llevarme a lo más alto del placer.

Unas cuantas embestidas más y entonces es él quien se corre entre temblores y gruñidos, y escucharlo gruñir de placer es lo más.

—Me encanta que me hayas despertado de esta manera, espero que cuando vivamos juntos lo hagas a menudo —me dice y me guiña un ojo.

Sale de mí despacio, se quita el preservativo y lo anuda. Se pone a mi lado y me acaricia el pelo y me besa.

Después de estar un rato más en la cama, nos levantamos y, mientras me ducho, Lucas prepara algo de cena, en un rato se tiene que ir al bar. Cuando salgo está en la cocina.

—He pensado, nena, que podrías quedarte a dormir aquí —me dice.

Lo abrazo por la espalda y le doy un beso en la nuca.

—Prefiero irme, Lucas, así voy preparando las cosas para poder venirnos esta semana a tu casa —le digo.

—A nuestra casa, nena, y si es por eso, está bien —me dice.

Después de cenar, llevo a Mara a su casa, le digo que la llamaré más tarde, en cuanto tenga un rato libre. Le doy un beso corto en los labios, porque como lo profundicemos no dejaré que se separe de mí. La veo ir hacia su portal y hasta que no entra dentro no me voy yo.

Cuando entro en mi local, ya hay bastante gente, así que me pongo en la barra a ayudar a los chicos, esto es un no parar. Le he tenido que dar calabazas a un par de morenas que no dejaban de tirarme la caña. Ya casi a las dos de la madrugada me meto en mi despacho, dudo si llamar a Mara, no quisiera despertarla, así que le mando un mensaje preguntándole si todavía está despierta; me contesta enseguida. Entonces la llamo.

—¿Qué haces todavía despierta, nena?

—He estado liada con la ropa hasta hace poco, he pensado que por ahora nos llevaremos lo más imprescindible, así no te ocupamos todos los armarios, y según vamos necesitando, pues vengo y lo recojo —me dice.

—Vale, Mara, como tú veas —le contesto.

Aunque en el fondo creo que no quiere llevarse toda la ropa porque no cree que lo nuestro vaya a funcionar, pero decido callar y no decírselo. En ese momento veo como la puerta del despacho se abre. Es Nerea.

—Hola, amorrr, te echaba de menos. Podríamos pasar un buen rato juntos, ¿no te parece? —dice inoportuna.

Escucho a través del teléfono un jadeo, la ha escuchado, seguro.

—Mara, escucha. No es lo que... —Y nada, porque ha colgado—. ¿Qué coño te crees que estás haciendo, Nerea? —Le grito.

Me acerco a ella y la zarandeo de un brazo, está totalmente ida. Borracha y seguramente se ha metido algo, así que la cojo por el brazo y la saco del despacho. Le digo a uno de mis camareros que llame a un taxi, yo, mientras, siento a Nerea en uno de los taburetes. No deja de pasarme las manos por la cara y de decirme lo mucho que le gusto, aguanto un poco porque me da cosa dejarla al cuidado de otros. Me avisan de que ya está el taxi fuera y la cojo otra vez por el brazo y la ayudo a salir del bar. La meto en el coche y le digo la dirección donde tiene que dejarla. Le pago la carrera.

Me voy directo al despacho y ahora tengo que solucionar las cosas con Mara. La llamo y nada, no lo coge. Entonces decido escribirle un wasap.

«Nena, sé que no ha debido de ser agradable lo que has escuchado, pero decirte que ya la he sacado de aquí; estaba borracha, así que la he metido en un taxi y la he mandado a su casa. No quiero que pienses cosas raras, me da igual que venga a buscarme una como veinte, sé perfectamente lo que quiero y lo que quiero eres tú, solo tú, vale, no lo olvides. Te amo». Se lo mando.

Joder, con lo bien que iba todo. En ese momento me suena el móvil. Es ella.

—Nena, no te enfades, vale, de verdad no tienes de qué preocuparte —le digo.

—Lucas, te creo, amor. Sé que no me engañarías, pero sé que esto va a ser siempre así, con chicas entrando en tu despacho para... —se queda callada.

—Noo, Mara, no, y si vienen, me da igual, yo ya no soy el de antes. Antes me daba igual todo, pero he cambiado, tú me has hecho cambiar y me gusta el Lucas de ahora. Solo quiero estar contigo, nena, de verdad, y si esto va a suponer un problema para ti, prefiero vender el bar; lo vendo y punto —le digo sincero.

No me lo había planteado nunca, pero si tengo que vender el bar, lo vendo. Para mí lo más importante es Mara.

—No, Lucas, yo nunca permitiría que dejaras de lado tu sueño por el que has trabajado tanto —me dice.

—No lo entiendes, nena, mi sueño eres tú —le digo.

—Te quiero, Lucas, te quiero mucho —me dice.

—Y yo a ti más —le digo lo mismo que acostumbran en su casa.

Después de hablar con ella un rato más y quedarnos más tranquilos, nos despedimos. Al rato decido irme a casa, por hoy ya he tenido bastante y estoy deseando meterme en la cama.


Entre el trabajo, el colegio y quedar con Lucas un rato por las tardes, la semana pasa casi sin darnos cuenta y, aquí estamos, despidiéndome de mis padres.

—Hija, ya sabes que estamos aquí para lo que necesites —me dice mi padre emocionado.

—Lo sé, papá. Te quiero mucho. —Le doy un beso—. Además, vamos a seguir viniendo a comer muy a menudo. Enzo no puede estar sin veros, ya lo sabéis —le digo yo.

Mi niño se despide de sus abuelos y estamos en esa cuando Lucas entra por la puerta, viene de meter las maletas en el coche.

—Juan, Manuela, quiero que sepan que voy a cuidarlos con mi vida, no se preocupen por nada, y pueden ir a casa cuando quieran, nuestra casa también es la suya —les dice Lucas.

—Muchas gracias, hijo, lo sabemos —le dice mi padre.

Nos despedimos y salimos los tres hacia el coche. Mi niño va muy contento, está emocionado y todavía no le hemos contado lo de su habitación. Llegamos, y Lucas carga con las maletas, yo llevo a mi niño de la mano. Cuando llegamos a casa, dejamos las maletas en el pasillo y le enseñamos la casa a Enzo.

—Jolín, esta casa es muy grande, mami —dice mirándolo todo.

Entonces, Lucas lo coge de la mano y lo lleva al pasillo que da a las habitaciones.

—Enzo, esto es una sorpresa para ti, ¿vale, campeón? —le dice.

Lucas abre la puerta y entonces nos metemos dentro. Mi niño está con la boca abierta. Da vueltas para ver la habitación por todos lados.

—¿Te gusta, Enzo? —le pregunta nervioso Lucas.

—Sí, me gusta mucho. ¿Todo esto es para mí? —pregunta mi niño.

—Sí, todo lo que ves es tuyo, y lo ha hecho Lucas para ti —le contesto yo.

—Muchas gracias, Lucas, me encanta —le dice mi niño.

Veo como Enzo coge de la mano a Lucas y lo hace agacharse a su altura. Entonces mi niño le da un beso. Lucas le sonríe.

—De nada, pequeño, solo quiero que te encuentres cómodo en casa, vale —le dice.

Mi niño asiente con la cabeza. De seguida se pone a jugar en el suelo con los juguetes nuevos mientras Lucas y yo vamos por las maletas.

Comenzamos guardando la ropa de él. Lucas me ayuda, estamos en eso cuando de pronto mi niño pregunta:

—Mamá, ¿y yo voy a dormir aquí solito? —me pregunta.

Miro a Lucas, se queda quieto y está tenso.

—A ver, mi vida, tú ya eres un niño grande y poco a poco tienes que acostumbrarte a dormir solito en tu cama. Además, esta habitación es chulísima, es lo más chulo de la casa, y cualquier niño estaría deseando dormir aquí —le digo a mi niño.

Enzo se queda callado y vuelve a sus juguetes. Mientras, yo miro a Lucas, está serio.

—Al final, deberías haber traído todo, Mara —me dice.

—Para qué, Lucas, cuando necesite algo, lo voy trayendo y ya —le digo sonriendo.

—¿Qué pasa, Mara?, ¿no estás segura de que lo nuestro vaya a funcionar? —me pregunta.

—No es eso, cariño, es solo que no lo veo necesario, y mira, mejor así, porque ya hemos terminado. —Le doy un beso.

Le digo a Enzo que ahora vamos a colocar mi ropa, el niño se queda jugando en su habitación.

Lucas me ayuda y en nada lo tenemos colocado.

—Mami —llama mi niño—, ¿puedo ver un rato los dibujitos? —me dice.

Le digo que sí, pero antes le digo que tiene que recoger los juguetes, y si algo tiene mi niño es que es muy obediente. En nada, lo deja todo como estaba. Entonces, Lucas lo lleva al salón y se sientan en el sofá, le enseña cómo manejar el mando a distancia y cómo tiene que buscar los dibujos.

—Mami, en esta tele hay más dibus que en la del abuelo —me dice emocionado mi niño.

Nos echamos a reír. Entonces los dejo en el salón y voy a la cocina, voy a preparar la cena. Estoy en ello, cuando noto que Lucas se me pone detrás, me roza con su entrepierna. Ya la tiene dura. Me doy la vuelta y lo miro.

—Sigue mirándome así y no me hago responsable de lo que pueda pasar, y te recuerdo que el niño está en el salón —me dice juguetón.

Me separo a regañadientes de él, será mejor no empezar algo que no podemos terminar. Lucas me ayuda a poner la mesa y, cuando tenemos todo listo, nos sentamos a cenar.

Cuando cenamos y mientras recojo la mesa, Enzo ve que Lucas está cogiendo su cartera, las llaves del coche; entonces, lo mira extrañado.

—¿Dónde vas, Lucas? —le pregunta.

—Pues me voy a trabajar —le contesta.

—¿Ahora, tan de noche? —le pregunta curioso.

Le explicamos que Lucas tiene un bar y que tiene que ir todas las noches. Mi hijo se queda más o menos conforme. Lucas se despide de mi hijo. Le da un beso y le dice que duerma bien en su nueva cama. Yo lo acompaño a la puerta.

—Nena, cualquier cosa, en el frigorífico están puestos todos los teléfonos, el del bar, mis padres. Cualquier cosa ya sabes. Ah, otra cosa, te voy a echar de menos —me dice y me da un beso.

—Y yo a ti. Te quiero —le digo.

Después de cerrar la puerta, me meto en la cocina para recoger todo. Sé que Lucas es muy maniático con el orden y quiero que siga todo como él lo tiene.

Después, le digo a Enzo que es la hora de dormir. Apago la tele y lo meto en el baño. Le pongo el pijama y vamos a su cuarto. Le leo uno de los cuentos nuevos y de seguida mi niño se duerme.

Lo tapo bien por todos lados, le dejo una lamparita encendida y salgo a mi habitación. Me doy una ducha rápida y, después de ponerme el pijama, me meto en la cama. Estoy intranquila, me levanto varias veces a ver a mi pequeño. Me parece mentira lo bien que se adapta a todo, incluso a dormir solito. Lo veo y no me lo creo. Me vuelvo a la cama y me echo a dormir.

# Capítulo 26
## Lucas/Mara

La noche en el bar se me hace eterna, pensar que Mara está en casa y en mi cama, y yo aquí…, pero es mi trabajo no me queda de otra.

Intento dejar todo en orden, las nóminas de los camareros, albaranes de compras, todo con tal de no pensar en irme a casa con Mara.

Sobre la tres y media ya está todo vacío y, después de cerrar el despacho, me despido de los chicos y me voy. Cuando llego a casa, intento no hacer ruido, lo primero es ir a ver al niño. Está dormido en su cama, lo tapo un poco y salgo de su cuarto. Me meto en el mío. Ahí está mi chica, está dormida y se ve preciosa. Me meto en el baño y me doy una ducha rápida. Me seco y me pongo un bóxer y me meto en la cama. Estoy loco por acurrucarme a su lado, sentirla, estamos haciendo la cucharita y me encanta, pero comienza a mover su culo y, claro, mi cuerpo reacciona.

Comienza a frotarse en mi entrepierna, ya la tengo dura como el acero y encima comienza a gemir bajito. ¿Qué estará soñando? Ya eso es demasiado para mí, no quería despertarla, pero no aguanto más.

La pongo boca arriba con cuidado, le subo la camiseta del pijama y entonces sus pechos me dan la bienvenida. Yo gustoso comienzo a lamerlos; ella gime un poco más. Mi mano baja por su vientre y la meto con cuidado entre su ropa. Busco su centro y me doy cuenta de que está empapada, la miro y me sonríe.

—Eres muy mala, que sepas que no quería despertarte, pero te has puesto a frotarme tu culo por mi polla y no lo he podido evitar —le digo completamente excitado.

Me coge la cara con las manos y me besa. Me coloco entre sus piernas y, entonces, soy yo el que me froto contra ella.

—Hazlo ya, Lucas —me dice.

—Pídemelo bien, nena —le digo sonriendo.

Me mira, está muy excitada y entonces me lo pide.

—Fóllame, Lucas, fóllame, por favor —me pide.

Entonces me vuelvo loco, le bajo los pantaloncitos de pijama y las bragas, le abro las piernas y la embisto. De un solo empellón entro en ella, me doy cuenta de que no me he puesto condón, pero ahora ya es imposible que pare, porque la sensación de sentirla piel con piel es increíblemente maravillosa. Me muevo despacio, salgo casi por completo de ella para volver a entrar hasta el fondo de su ser. Mientras nos besamos, nos estamos amando y me doy cuenta de que es la primera vez que le hago el amor a una mujer, no me la follo, la estoy amando. Meto una mano entre los dos y le acaricio el clítoris mientras sigo entrando en ella, y beso su boca, su adictiva boca.

El clímax nos llega a los dos a la vez, llegamos en silencio, pero no por ello es menos intenso.

—Te quiero —le digo mirándole a los ojos.

—Yo también te quiero —me dice ella.

—Sabes que lo que hemos hecho no es follar, ¿verdad? —le pregunto.

184

—Sí, hemos hecho el amor. Y sabes que no te has puesto condón, ¿verdad? —me dice ella.

—Sí, y me ha encantado. Y no estoy preocupado, contigo quiero todo Mara, todo —me dice.

Me quedo callada, lo que me dice Lucas me deja muda, pero no le digo nada. Me echo en la cama y él me abraza. Le digo que mañana cuando me levante intentaré no despertarlo, y que cuando recoja a Enzo del colegio vendremos a comer.

Él me dice que me llamará a media mañana.

La semana pasa volando. En casa nos va muy bien, acostumbrándonos a los horarios. Por el día, entre el trabajo, el colegio, la casa, dejar la comida preparada, y mira que Lucas ayuda muchísimo, y, claro, con los horarios del bar, por la noche, cuando llega, me despierta para amarnos, es nuestro momento. Así que estoy agotada entre una cosa y otra, pero inmensamente feliz.

Es viernes y, para que Lucas pueda descansar un rato, decido ir a visitar a mis padres. Enzo es el que se encarga de explicarles como es la casa y le cuenta con todo lujo de detalles como es su cuarto.

Le digo a mis padres que a ver cuándo van a ir, ellos me dicen que ahora lo importante es que nos acostumbremos a la convivencia, que más adelante irán. Como ya se hace tarde, nos despedimos de ellos y, al salir a la calle, me encuentro con Adrián.

—Hola, Mara. —Me da un beso a mí y otro a mi niño.

—Hola, Adri.

Me pregunta cómo me van las cosas y le explico que estamos viviendo en casa con Lucas.

—¿No es un poco precipitado, Mara?

—No. Cuando una está segura de lo que quiere, no —le contesto.

—Bueno, espero que no te arrepientas y que te vaya bien —me dice de mala gana.

—Al menos podrías alegrarte un poco por mí, ¿no, Adri? —le digo molesta.

—Cómo voy a alegrarme por ti, si tú sabes de más mis sentimientos hacia ti, Mara —me dice.

—Somos amigos —le contesto.

—Y yo quería que fuéramos algo más, y estoy seguro de que, si ese chulo de playa no hubiera aparecido, tú y yo estaríamos juntos —me dice.

Estoy sin palabras.

—Pues no creo, ¿sabes por qué?, porque una relación es cosa de dos y yo nunca podría verte como pareja —le digo dolida—. Mira, se me hace tarde y me esperan en casa. Nos vemos, Adrián —le digo y me voy.

Cojo de la mano a mi niño y nos vamos directos a coger un taxi. Nos hemos entretenido más de la cuenta y no vamos a esperar el autobús. Lucas me manda un wasap, preocupado por la hora que es; le digo que ya estoy de camino.

—¿Qué le pasaba a Adrián, mamá? —pregunta mi niño.

—Nada, cariño, cosas de mayores —le digo.

Cuando llegamos a casa, Lucas nos recibe con una sonrisa, no voy a contarle nada de lo que ha pasado con Adrián, para qué.

—Bueno, vamos al baño, Enzo —le digo a mi hijo.

—Déjalo, Mara, yo me encargo —me dice Lucas.

Se lo agradezco, así, mientras él lo baña, yo me encargo de la cena. Los escucho reírse en el baño, están cantando, me encanta ver lo bien que se llevan. Al rato aparece Lucas vestido y Enzo con el pijama. Termino la cena y ponemos la mesa entre los tres; veo a Lucas muy callado, está serio.

En cuanto terminamos de cenar, Enzo y Lucas van al baño a lavarse los dientes. Después, Lucas le pone los dibujos a Enzo y mi niño se echa en el sofá. Pero, en nada, cinco minutos, está dormido.

—¿Cuándo ibas a decirme que te has encontrado con el gilipollas de tu amigo?

Me quedo quieta en el sitio, no me atrevo ni a mirarle a la cara.

—No te lo he dicho porque no me pareció importante —le digo, pero sin mirarlo.

—¿No es importante que él te diga que está enamorado de ti y que lo nuestro va a durar una mierda? —me dice enfadado.

—Lucas, para mí no lo es, por eso no te lo he dicho.

—Pues para que una relación funcione, lo que no debe de haber son mentiras ni falta de comunicación —dice él.

Me fijo en sus manos, tiene los nudillos blancos de la apretados que tiene los puños.

—Espero no encontrármelo, porque ese mierda se acuerda de mí, te lo digo en serio, se va a tragar sus palabras. —Sale de la cocina.

Voy tras él y veo que está cogiendo las llaves y su cartera.

—Lucas, no te vayas así, por favor, hablemos —le digo.

—¿Ahora quieres hablar? Piensa un poco las cosas, Mara.

Abre la puerta y se va, y yo me quedo mal y con ganas de llorar.

Cojo a mi niño en brazos y lo meto en la cama. Lo arropo y voy al baño a darme una ducha. Cuando me meto en la cama, estoy agotada física y mentalmente, así que no tardo en dormirme. Por la mañana, cuando suena el despertador, me extraña no ver a Lucas a mi lado, su parte de la cama está intacta. Me levanto y lo veo dormido en el sofá.

Después de vestirme y hacer la cama, voy y levanto a mi hijo. Lo visto, preparo su cama y cojo la mochila del colegio. Le digo que no haga ruido y nos metemos en la cocina, le preparo la leche con cereales y se lo toma, yo no tengo ganas de nada. Ver a Lucas así... Cuando mi hijo se toma todo, cojo mi bolso y salimos de la casa. Después de dejar al niño en el colegio, me voy a mi trabajo. Merche está desayunando en el bar de al lado, así que me siento con ella y me tomo un café.

Le explico lo que ha pasado con Lucas, y, claro está, se pone de su parte. No pienso discutir con nadie más. La mañana en la tienda se me hace eterna, estoy acostumbrada a que Lucas me llame a mediodía y nada, hoy nada de nada. Pues yo tampoco pienso llamarlo y después pienso ir con mi hijo a casa de mis padres; que está enfadado, pues ahora yo también.

Cuando me despierto, estoy molido. El sofá es cómodo, pero no tanto como para dormir. Me levanto y me voy a dar una ducha, es la hora en la que llamo a Mara todos los días, pero hoy no pienso llamarla, estoy que me llevan los demonios en pensar que ayer se encontró con el soplapollas de su amiguito. Son las dos y media y sigue sin venir. Encima estará ofendida, me cago en la puta; ni como, se me ha quitado en apetito. Paso la tarde igual de mal que desde anoche que discutimos. Al final me duermo aburrido en el sofá. A eso de las ocho de la tarde escucho que se abre la puerta.

—Lucassss. —El niño viene hacia mí y se echa en mis brazos—. Hemos estado en casa de los abuelos y no nos hemos encontrado con Adrián. —Eso me lo dice en el oído, para que solo yo pueda escucharlo.

—Muy bien, campeón —le doy un beso en la cabeza.

Le pongo la tele y miro a Mara, está quitándose la chaqueta; pasa por delante de mí, pero no me mira. La sigo.

—Podrías haber venido a comer a casa o por lo menos avisar —le digo.

—¿Por qué?, tampoco es que estuvieras muy preocupado, ¿no? —le digo.

—Encima me tengo que rebajar yo, ¿en serio, Mara? —me dice y no me lo creo.

—Pero qué dices de rebajarte, Lucas. En serio estamos en eso. Pues mira, me voy a rebajar yo. Lo siento, siento haberte ocultado que me encontré con Adrián; si no lo hice fue porque no lo vi importante.

Siento ganas de llorar e inevitablemente se me escapan algunas lágrimas.

—Esta noche no te quedes en el sofá, no es justo siendo tu casa, yo me quedaré con Enzo en su cuarto —le digo.

Ya las lágrimas corren por mi cara sin que pueda contenerlas. Pongo la mano en el pomo de la puerta para salir, pero Lucas me lo impide.

—Espera. —Con sus dedos me limpia las lágrimas—. Yo también lo siento. Perdóname, nena, no he sabido gestionar los celos al pensar que el tío ese pueda estar cerca de ti. Lo pagué contigo, no sabes el día tan malo que he pasado —me dice.

Me coge la cara con las manos y me acerca a él. Me besa. Dios, es lo que necesitaba, sentir su calor, su pasión, su amor. Todo eso en un beso que nos supo a poco.

Hoy para cenar pedimos *pizza*, cenamos y, al terminar, Enzo se acuesta en el sofá; me suena el móvil y es mi madre.

Me dice que mañana se van al pueblo y que vendrán a buscar al niño, que le prepare las cosas para el fin de semana. Le contesto que perfecto, que nos vemos mañana entonces. Voy a la habitación del niño donde Lucas lo está metiendo en la cama, lo arropa.

—Era mi madre, mañana viene por Enzo para pasar el fin de semana en el pueblo —le digo y veo que sonríe.

—Me gusta, voy a tenerte solo para mí dos días. —Se me acerca y me da un beso en el cuello.

# Capítulo 27
## Mara/Lucas

Al día siguiente mis padres vienen a casa a por el niño. Aprovechamos y les enseñamos el piso. Les gusta mucho como tiene Lucas su casa o nuestra casa, pero lo que más les gusta es la habitación del pequeño. Mi padre y Lucas se van a la cocina a preparar café. Mi madre y yo nos quedamos en la habitación con el niño.

—Hija, se os ve muy bien —me dice mi madre sonriente.

—Sí, estamos muy felices —le contesto.

—Y lo que más me gusta es ver el cariño que le tiene al niño —me dice mi madre.

—Sí, la verdad es que se llevan de maravilla.

—Me alegro mucho, hija, de verdad —me dice sincera.

Me ayuda a preparar la ropa que se va a llevar Enzo al pueblo. Le preparo también la bolsa con las medicinas, que siempre las lleva por si acaso, y le cogemos algunos juguetes.

Cuando salimos los tres de la habitación, ya mi padre y Lucas están sentados a la mesa con el café y una bandeja de pastas. Enzo de seguida se va y se pone al lado de Lucas. Así que él lo coge y lo sienta en sus rodillas. Mi madre me mira y nos lo decimos todo con la mirada. Estoy encantada con mis padres en casa y ver lo bien que se llevan con Lucas. Después del café, se levantan y dicen de irse, quieren llegar al pueblo antes de que se haga de noche. Nos despedimos de los tres, no sin antes comerme a besos a mi niño.

Cerramos la puerta cuando ya se han metido en el ascensor, entonces Lucas me abraza desde atrás. Me da un beso en el cuello. Me acaricia los brazos y, cuando llega a mis manos, las une y las pone en la pared. Me tiene arrinconada entre él y la pared.

—Desde hace mucho, estaba deseando follarte contra está pared —me dice susurrando en el oído.

La piel se me eriza al notar su cálido aliento en mi piel. Con una mano y mucha destreza, me baja los pantalones y las bragas. Su otra mano la tiene sobre las mías en la pared. Con sus dedos hábiles me separa los labios de mi vagina y cuela un dedo en mi interior.

—Siempre tan lista para mí —me dice.

—Siempre —le contesto.

Sigue torturándome con los dedos, metiéndolos y sacándolos, cada vez con más rapidez.

—¿Te gusta así? —me pregunta con la voz agitada.

—Me encanta, no pares —le digo como puedo.

—No pienso parar, nena, nunca.

Dios, esto es demasiado. Sus manos, sus dedos, su boca. Noto su erección cada vez más dura por detrás. Es todo tan intenso, noto como el orgasmo está próximo. Lo noto desde los dedos de los pies hasta lo más profundo de mi ser. Me viene y suelto un grito. Me da igual que estemos al lado de la puerta, lo único que necesito es liberarme y me libero gritando. Lucas sonríe.

Saca los dedos de mi interior y me los enseña. Los tiene empapados. Me da la vuelta y entonces me besa. Su lengua invade mi boca y encuentra a la mía.

—Me vuelves loco —me dice sobre mis labios.

Escucho como se baja la bragueta y se baja los pantalones y el bóxer. Me coge en brazos y enrosco mis piernas a sus caderas. Con mi espalda apoyada en la pared y mis brazos rodeando su cuello, Lucas me penetra de un solo empellón. Y a mí me hace estar en el cielo. Sus embestidas cada vez son más fuertes y rápidas, y su boca no deja de besarme, me está volviendo loca de placer.

Su cuerpo y mi cuerpo se acoplan maravillosamente, es como si hubiéramos nacido para esto. El clímax nos llega a los dos a la vez. Todavía con la respiración entrecortada me pone en el suelo. Poco a poco nos vamos calmando. Se agacha para darme mi ropa y él se sube el pantalón.

—¿He sido muy brusco? —me pregunta serio.

—No, has estado muy bien —le digo.

—Lo siento, me he comportado como un animal, pero es que me vuelves loco de verdad, Mara —me dice.

Le sonrío y le cojo la cara con las manos y lo beso.

—A mí me encanta que te comportes así —le digo—, lo que pasa es que no hemos usado condón.

—Lo sé, nena, pero es que una vez que he sentido lo que es estar dentro de ti sin nada que nos separe, ha sido brutal, y no he podido parar —me dice.

Lo miro y lo veo tan sincero. Le digo que no pasa nada, que no creo que por una vez que lo hagamos así haya consecuencias.

—Y si las hay, me da igual, nena. Contigo quiero todo —me dice.

Me quedo callada, vamos al salón y recojo varios juguetes del niño, los llevo a su habitación. Vuelvo al salón.

—Ven, nena. —Me toma de la mano y me hace sentar a su lado del sofá—. En serio, me ha encantado hacerlo sin nada, la sensación ha sido única, y te lo digo otra vez, si te quedaras embarazada, estaría feliz, porque contigo lo quiero todo y, aunque apenas estamos empezando, si aumentamos la familia, estaría feliz.

Me dice todo eso y yo estoy flipando, no puedo creérmelo.

—Vamos a tomárnoslo con calma, vale.

Me da un beso y me encanta.

—Hoy vendrás conmigo al bar, ¿no?

—Sí, además, ya sabes que quedé con Merche allí —le digo.

Preparamos la cena entre los dos, y, cuando nos queremos dar cuenta, es la hora de irnos.

Estoy terminando de vestirme. Me decido por un vestido corto, ceñido, de color plateado, escotado por delante, pero sobre todo por detrás, unas sandalias con tacón y lista. Algo de maquillaje, pero muy suave, y el pelo recogido en una coleta alta.

Cuando Lucas entra a buscarme al dormitorio, se queda sin habla.

—¿Tan mal me veo? —le pregunto, sabiendo que está callado porque lo he impresionado—. La verdad, no acostumbro a vestir de esta forma, pero un día es un día, y hoy quiero verme guapa.

—Joder, Mara, estás impresionante. Tú que quieres, que me parta la cara con todos los tíos en el bar —me dice serio.

Me acerco a él y lo abrazo. Me pone las manos en el culo.

—Nena, es demasiado corto. —Pone sus manos en el bajo del vestido y lo tira para abajo, como si haciendo eso el vestido fuera a crecer.

—No seas antiguo, por favor. Venga, vámonos, anda.

Lo cojo de la mano y lo saco de casa a regañadientes.

Cuando llegamos al bar entramos de la mano, hay varios hombres sentados en la barra que no me quitan ojo.

—¿Ves, nena?, lo que te decía. Al final me tendré que partir la cara con más de uno.

—Anda, vamos al despacho.

Me lo llevo al despacho, allí se sienta en su sillón y enciende las cámaras. Me siento a su lado y así puedo ver cuando Merche entre.

Mientras Lucas hace varios pedidos, yo me pongo a bichear mis redes sociales, estoy en eso cuando veo entrar a Merche acompañada de varios amigos.

—Lucas, acaba de entrar Merche, me voy con ella, vale.

Levanta la cabeza del ordenador, está pensando.

—Por qué no esperas a que salga yo.

Lo miro y se calla.

—Vale, pero cuidado, vale, que no se te acerque ningún gilipollas. —Y me da un beso.

Salgo de su despacho y me voy directa a donde se encuentra Merche y sus amigos. Mi amiga, en cuanto me ve, se me echa en mis brazos. Me presenta a sus amigos. Uno de ellos va a la barra y nos trae unas cervezas, me la tomo con gusto. Tengo mucha sed. Merche va a la pista a bailar y yo me quedo sentada en la zona de los sillones, estoy mirando el móvil cuando se sienta un hombre a mi lado.

—Hola, guapa. Estás muy solita, ¿no? —me dice.

—Pues no, estoy muy bien acompañada, ahora vienen —le digo.

—Pues si quieres, tú y yo podemos ir a un sitio más íntimo, ya sabes —me dice.

—Pues no, no sé, y será mejor que te vayas, porque mi novio no tarda nada en venir —le digo.

—¿Y dónde se supone que está tu novio? —me dice acercándose demasiado.

—Su novio está aquí —le dice Lucas, poniéndole la mano en el hombro y separándolo de mí.

El tío, al ver a Lucas, levanta los brazos a modo de disculpa. Lucas se me queda mirando serio.

—¿Ves lo que te decía?, esto lo veía venir —me dice molesto.

Me acerco a él y lo beso. Entonces, noto como Lucas se va relajando.

—Nena, tengo que ir a echar una mano en la barra, pero te quiero allí, no pienso perderte de vista —me dice.

Vamos a la barra y me siento en un taburete. Lucas pasa por detrás de la barra y se pone delante de mí.

—Perdona, guapo, ¿me pones una copa? —le digo coqueta.

—Solo si te la tomas conmigo —me dice y me guiña un ojo.

Me pone delante un refresco y él se pone un botellín de cerveza.

—¿Y mi copa? —pregunto.

—Para lo que tengo en mente para esta noche, te quiero lúcida, nena —me dice.

Y me pone la piel de gallina. Me echo a reír.

Merche y sus amigos se ponen a mi lado. Le digo a mi amiga que prefiero no moverme de la barra para que mi loco controlador esté tranquilo. Nos reímos. Cuando la cosa ya está controlada, se me acerca Lucas.

—Nena, ve despidiéndote, que nos vamos ¡ya! —me dice en el oído.

Me despido de mi amiga y le digo que ya nos veremos el lunes en la tienda. Lucas me pone la mano en la cintura y salimos del local. El camino a casa lo hacemos rápido. En cuanto entramos en casa, Lucas se mete en la ducha. Yo, mientras, me voy desmaquillando y me voy desnudando. Él sale del baño y entonces me meto yo. Me doy una ducha rápida y en nada estoy en la cama; tanto Lucas como yo estamos desnudos. Para qué vamos a ponernos pijama si nos lo vamos a quitar.

—Mañana estaré hecha polvo —le digo.

—Tampoco iba a dejarte salir de la cama —me contesta—. Anda, ven aquí, nena, estás muy lejos —me dice.

Y me acerca a él. Me da un beso en el cuello. De seguida me estremezco, se me eriza la piel.

—Te quiero, nena —me susurra.

—Y yo te amo —le digo yo.

Entonces se pone encima de mí y se mete entre mis piernas. Su erección se clava en mi sexo. Se incorpora y se sienta sobre sus piernas. Me abre las piernas completamente y me mira toda la desnudez.

—Eres un manjar —me dice.

Entonces mete la cabeza entre mis piernas y con su experta lengua barre todo mi sexo. Con sus dedos me abre más mi abertura y con la lengua comienza a penetrarme. Joder, sabe lo que hace. Le pongo las manos en la cabeza y le tiro del pelo. Me mira y sonríe y, entonces, me vuelvo loca, este hombre tiene ese poder sobre mí. Me incorporo y ahora estamos los dos a la misma altura. Entonces lo beso. Le pongo las manos en su duro pecho y hago que se tumbe en la cama. Me pongo encima y me ensarto con su pene, me lo meto hasta el fondo.

—Joder, nena.

Le pongo la mano en la boca y comienzo a moverme. Arriba, abajo, me froto en círculo. Lucas gime en mi mano, yo comienzo a notar el orgasmo, entonces me muevo más deprisa buscando mi placer, y exploto; suelto un grito que me sale del alma, ha sido muy intenso, pero ahora le toca a él. Yo sigo moviéndome sin parar. Lucas pone sus manos en mi culo y me ayuda a moverme. Le quito la mano de la boca y las pongo en el cabecero de la cama, sin parar en mi cabalgada, hasta que Lucas suelta un gruñido que me avisa que se acaba de correr. Entonces caigo encima de su cuerpo, agotada. Él me acaricia la espalda.

—Nena, esto ha sido increíble.

—Sí, ha estado muy bien, pero lo hemos vuelto a hacer a pelo —le digo media dormida ya.

—Lo que te dije ayer, lo dije en serio, Mara, no me importaría que te quedaras embarazada, al contrario, estaría feliz, te quiero, y contigo lo quiero todo —vuelve a decirme.

Yo que pensaba que lo de ayer era producto de la excitación, pero no, lo decía en serio.


Nos dormimos. Para cuando me despierto, siento mucho calor. Mara está con su cuerpo casi por completo encima de mí. La miro y me quedo embobado, se la ve relajada y está hermosa. Le acaricio el pelo, le paso la yema de los dedos por el labio inferior, ella se mueve. Ahora le paso los dedos por el pecho. Dios, ya mi cuerpo reacciona a ella. La muevo con cuidado de no despertarla y la pongo boca arriba; sus pezones me llaman, así que me dedico a ellos un rato. Mara comienza a estremecerse y a gemir. Entonces ya no puedo más y la beso en los labios. Con la lengua le abro su boca y entonces ella reacciona a mí. Me pone sus brazos alrededor de mi cuello y nos devoramos. Entonces, la tomo de la cintura y me la llevo al borde de la cama. Me siento y a ella la coloco a horcajadas, pero de espaldas a mí.

—Quiero que nos veamos, nena, quiero ver como me haces el amor —le digo.

Delante de nosotros tenemos un gran espejo. Entonces me cojo la polla y hago que Mara vaya bajando despacio, que entre en mí despacio.

Cuando ya estoy enterrado en ella, le pongo las manos en las caderas y la ayudo a moverse; no dejamos de vernos en el espejo, es supererótico. Entonces le paso una mano por delante y comienzo a frotarle su botoncito del placer. Nuestros jadeos ya son cada vez más fuertes y noto como su sexo se contrae y comprime mi polla, eso es lo más.

—Mara, nena, me viene ya —le digo.

—Y a mí —me dice ella.

Y entonces ella comienza a temblar y su sexo se contrae más y eso me hace explotar dentro de ella. Me derramo en su interior. Cuando nuestros cuerpos ya se han relajado, salgo de su interior. Nos volvemos a acostar y a dormirnos.

Me despierto cuando noto que Mara se levanta de la cama, la veo correr hacia el baño, en un minuto sale y al verme reír me dice:

—Eh, no tiene gracia, casi me hago pis encima.

Y yo vuelvo a reírme.

Veo que está cogiendo ropa y se mete en el baño. Entonces me levanto y me meto en el otro baño a ducharme. Cuando salgo, ya Mara se está poniendo las bragas y una camiseta.

—¿Te apetece que vayamos a casa de mis padres?

—Vale, me apetece salir un rato.

Entonces nos vestimos y después de cambiar las sábanas nos vamos.

—¿Te has dado cuenta de que no hemos comido? —le pregunto.

—Es que nosotros nos alimentamos de nuestros cuerpos —me dice Mara riendo.

Llegamos a casa mis padres y, cuando nos ven, se sorprenden.

—¿Y esta sorpresa? —nos dice Emilia.

—Pues hemos venido a merendar con vosotros —le digo.

—¿Y el niño? —pregunta Manuel.

Mara les dice que está con sus padres en el pueblo pasando el fin de semana. Pero les dice que lo llevará pronto para que los vea.

Vamos al comedor y María de seguida nos pone el café y un bizcocho de naranja recién hecho. Como no hemos almorzado, nos lo comemos con gusto, yo más, que repito incluso.

Después de la merienda, mi padre me pide que lo acompañe a su despacho, quiere mi opinión sobre un caso. Me levanto y le doy un beso a Mara y la dejo con mi madre.

—¿Cómo os va todo, Mara?

—Muy bien, Emilia, estamos muy felices.

—Me alegro, no sabes cuánto. Veo a mi hijo tan bien, tan feliz. Está cambiado, lo veo más maduro, más responsable, lo veo centrado, es otro y todo gracias a ti —me dice emocionada.

—No, Emilia, eso es mérito de Lucas, yo lo único que hago es amarlo. —Se me acerca y me da un abrazo.

—No sabes lo mucho que haces por él, Mara —me dice en el oído.

Cuando Lucas y su padre salen del despacho, estamos un rato más hablando con ellos, pero ya es la hora de irnos y nos despedimos.

Cuando llegamos a casa, le digo a Lucas que hoy me quedo en casa. Estoy muerta.

—Como quieras, nena, intentaré venir temprano —me dice.

Lucas se va y entonces me meto en la cama, ni leo, ni veo tele, lo que quiero esa dormir. Y eso hago.

Cuando me despierto, miro el reloj del móvil, son las once de la mañana. Miro al lado de la cama y Lucas está dormido. Me levanto con cuidado de no despertarlo. Me cuesta dejarlo en la cama, ya que este hombre es un verdadero espectáculo, incluso cuando duerme, pero tengo que dejarlo descansar.

Cierro la puerta del dormitorio y entonces me voy a la cocina, me apetece cocinarle algo especial, algo que le guste, así que, como sé que le gusta mucho el arroz, decido hacerlo con marisco.

Me pongo música con mi móvil y me pongo a ello.

Cuando me quiero dar cuenta, ya está todo hecho, así que preparo la mesa y, cuando me doy la vuelta para volver a la cocina, me encuentro con mi chico.

—Te veo muy activa —me dice.

—Es que he descansado bien —le contesto.

Me acerco y le dejo un beso en los labios.

—Espero que te guste lo que he preparado.

—Nena, si lo has hecho tú, seguro —me dice.

Y tanto que le gusta, puesto que se come dos platos.

—Nena, como tú te has encargado de la comida, vete a la cama, que yo me encargo de recogerlo todo, que ahora, cuando termine yo, me encargo del postre —me dice.

Le sonrío, y me levanto de la mesa. Le doy un beso en la mejilla y me voy a la cama a esperar que me traiga mi postre favorito.

# Capítulo 29
# Mara/Lucas

Después de hacer el amor dos veces más, caemos rendidos y nos despertamos a las ocho y media de la tarde, cuando me suena el móvil.

—Hola, hija, te llamaba para decirte que en un rato te llevo al niño, vale —me dice mi madre.

—Vale, mamá. Perfecto, ahora nos vemos —le digo.

Dejo el móvil en la mesilla, miro a Lucas que se está despertando.

—Era mi madre, ahora nos trae a Enzo —le digo.

—Vale, me voy levantando. —Me da un beso y se va al baño.

Me levanto yo también y me meto en el otro baño para asearme un poco. Cuando entro al dormitorio, Lucas está saliendo de la ducha. Lo miro, no le puedo quitar los ojos de encima, pero es que está muy bueno. Se quita la toalla, dejándome unas vistas increíbles de su culo, mientras entra en el vestidor.

—Al final acabarás gastándome —me dice sonriendo.

—Y qué, para eso eres mío, puedo mirarte todo el tiempo que quiera —le digo y le guiño un ojo.

—Y que sepas que me encanta que me mires —me dice.

Llaman a la puerta y corro a abrir.

—Mi niñooo —le digo emocionada.

Se me echa en mis brazos y lo abrazo. Lo he echado de menos.

—Toma, mami, para ti —me dice y me entrega un ramito de flores silvestres.

—Oh, me encanta, cariño, ahora las ponemos en agua, vale.

Y mi niño me sonríe.

Saludo a mi madre con un beso. Aparece Lucas y entonces Enzo se echa en sus brazos, lo abraza y también le da un beso en la mejilla a mi hijo.

—Hola, Manuela —Lucas saluda a mi madre y le da dos besos.

—Qué tal, hijo —le dice ella.

Le digo a mi madre que pase, pero ella me dice que mi padre está esperándola en el coche y que están deseando llegar a casa, así que se despide de nosotros y yo quedo en llamarla mañana.

Lucas se sienta en el sofá a mirar su móvil mientras me meto con Enzo en el baño a darle una ducha. Después de secarlo bien, le pongo su pijamita y lo siento en el sofá.

—No vayas a dormirte, cariño, que te preparo algo de cena, vale —le digo a mi niño.

—Vale, mami —me contesta él.

Mi niño se queda embobado viendo sus dibujos preferidos y veo que Lucas no deja de mirar su móvil.

—Lucas, ¿vas a querer algo de cenar? —le pregunto.

—No, gracias, no tengo ganas —me dice serio.

Algo le pasa, lo noto raro. Me meto en la cocina y le preparo algo a mi niño, yo tampoco tengo ganas de cenar.

Mientras Mara se encarga de darle de cenar al niño, me quedo en el sofá. Estoy mirando mi correo cuando me llega un wasap de Nerea. Abro la aplicación y lo leo.

«Hola, amor. Siento lo de la otra noche, me pasé con la bebida y con algo más, pero lo que verdaderamente siento es que no pudiéramos follar».

Joder, está claro que uno no puede estar tranquilo. El mensajito me pone de muy mala hostia.

—¿Te pasa algo, Lucas? —viene Mara y me pregunta.

—No me pasa nada, solo necesito estar solo un rato, ¿es mucho pedir? —le contesto levantando un poco la voz.

La pobre me mira sorprendida por mi reacción, no he debido hablarle así, no se lo merece, pero es que me he puesto de malas con el wasap y lo he pagado con ella. No lo he podido evitar. Las palabras me han salido y de momento me arrepiento, pero ya las he dicho. En ese momento me suena otro wasap, sé que es otra vez Nerea. Mara sigue en silencio, pero se da la vuelta y se va a la cocina.

Nerea me dice que esta noche me hará una visita. Mierda. Veo que Mara lleva al niño en brazos hacia el baño, ni me ha mirado.

—Mami, ¿Lucas está enfadado con nosotros?

—No, cariño, es que a veces los mayores tenemos muchas cosas en la cabeza y nos olvidamos de lo que verdaderamente importa. Solo es eso, amor —le digo.

Nos lavamos los dientes y me meto con él en la cama. Lucas debe de estar todavía en casa, pero me da igual. Me ha dolido como me ha hablado, pero me duele más su indiferencia a mi hijo. Me pongo a leerle un cuento hasta que se duerme. Entonces escucho la puerta. Lucas se ha ido y ni siquiera ha venido a despedirse, pero, por qué, ¿qué le hemos hecho nosotros para que reaccionara así?

Cuando llego al bar, estoy de un humor de perros; los wasaps de Nerea, mi comportamiento con Mara y el niño… Estoy muy arrepentido. Voy a llamarla, tengo que pedirle perdón. En esa estoy cuando escucho como se abre la puerta de mi despacho, es Nerea. Me levanto como un resorte de mi sillón y voy hacia ella, la cojo del brazo.

—No quiero que vuelvas a mandarme mensajes, no quiero que entres aquí como si fuera tu casa, no quiero que vuelvas a referirte a mí como si fuera algo tuyo, ¿entiendes? —le grito.

—¿Qué pasa, Lucas?, que esa mojigata te ha sorbido el seso o es el sexo lo que te ha sorbido, pero me extraña que esa sepa siquiera hacerte una paja —me dice y se ríe.

—Mucho cuidado con lo que dices de mi chica, tendrías que lavarte la boca antes de hablar de ella —le digo.

—Pues es mi boca lo que te volvía loco hasta hace poco, sobre todo cuando la tenía alrededor de tu polla —me dice.

—Tú lo has dicho, volvía, pasado —le digo enfadado.

Entonces se me acerca y me pone la mano en la bragueta, me acaricia por encima de los pantalones.

—¿Ves?, mira como tú polla me reconoce, ya estás duro, amor, listo para follar. ¿Ella logra ponerte así? —Ahora acerca su boca a mi cuello y lo muerde.

No sé por qué coño dejo que se me acerque y me toque. Estoy inmóvil, me dejo hacer. Nerea me está bajando la bragueta y, cuando veo que se está poniendo de rodillas, reacciono, es como si hasta ahora mi cerebro hubiera estado dormido. La cojo de los brazos y la pongo de pie.

—Esto se acabó, Nerea, no vuelvas a buscarme.

La saco de mi despacho, enfadado, con ella y conmigo, he estado a punto de joderlo todo.

Me quedo en el despacho toda la noche, no tengo ánimos de nada. Me siento un mierda por todo lo que he hecho desde esta tarde, con Mara, con el niño e incluso con Nerea.

Cuando llego a casa, me meto en el dormitorio y me sorprendo de ver que la cama está vacía. Voy al cuarto del niño y veo a Mara durmiendo con él. Esto es justo lo que me faltaba.

Me ducho y me meto en la cama casi mojado. Me da igual. Me duele la cabeza, me duele hasta abrir los ojos, pero es que escucho mucho jaleo en casa. Miro el reloj y marca las siete y media, joder, solo he dormido tres horas. Me levanto como puedo y voy al salón. Joder, está todo hecho un asco, juguetes por el suelo, ropa… Enzo está llorando o, mejor dicho, gritando sentado en el sofá mientras Mara está limpiando el sillón con jabón y una esponja.

—¡QUÉ COÑO PASA, JODER! —digo de mala gana.

Mara me mira sorprendida, no esperaba verme levantado. Veo sus ojos y no me gusta lo que veo. No me contesta, sigue limpiando el sillón, y Enzo que sigue llorando. Mierda, joder. La cabeza me va a explotar, me estoy poniendo de los nervios.

—¡Ya está bien Enzo!, para de llorar de una puta vez, joder —le grito al niño.

Se asustan los dos. El niño se calla, pero sigue teniendo el corazón encogido de tanto llanto. Mara se levanta, lleva a la cocina la esponja y el jabón y, cuando vuelve, coge al niño en brazos y se lo lleva al cuarto. No me mira, pero yo a ella sí, y me doy cuenta de que ahora sí que la he cagado, pero bien.

Me siento en el sofá derrotado, me pongo las manos en la cabeza y lo que quiero es darme de golpes por reaccionar de esta forma con ellos. Pienso en el niño y en Mara, y se me encoge el corazón.


Me meto con mi niño en su cuarto. Lo pongo en la cama. Hemos pasado una noche de perros. Enzo ha vomitado varias veces y la última vez en el sofá, por eso lo estaba limpiando. Mi niño está malito y por eso ese llanto. Apenas hemos dormido esta noche y lo que menos necesitábamos era que Lucas nos hablara así.

Cuando le gritó a mi hijo, fue como si me clavaran un puñal. He sentido tanto dolor… A mí que me hable como quiera, ahora, a mi hijo, no; mi hijo es intocable y verle la carita que se le quedó cuando le gritó de esa manera, comienzo a llorar. Mi niño me mira, hago el esfuerzo de sonreírle y lo cojo en brazos y le doy un abrazo, lo necesito. Noto que tiene algo de fiebre, le pongo el termómetro. Sí tiene, casi treinta y ocho. Lo visto y cojo su mochila con las medicinas. Le doy el jarabe para bajarle la fiebre y ahora lo llevaré al médico.

Preparo su camita y dejo todo recogido y salimos del cuarto. Veo que Lucas está sentado y tiene las manos en la cabeza, tiene la mirada perdida mirando el suelo. Cuando se da cuenta de que estamos en el salón, se levanta y se acerca a mí.

—Ni te acerques, y no vuelvas a gritar a mi hijo en tu vida —le digo.

Se queda quieto en el sitio, yo me voy hacia la puerta con mi hijo en brazos y con las lágrimas corriendo por mi cara.

# Capítulo 30
## Mara/Lucas

Nada más salir del portal de Lucas, tengo la suerte de que hay un taxi dejando un pasajero, así que nos montamos. Le mando a mi madre un audio y le digo que voy camino del hospital con el niño; me dice que mi padre y ella ya salen para allá.

Mi niño está agotado, ha pasado muy mala noche el pobre. Le pongo la mano en la frente y ya está un poco más fresquito, el jarabe está haciendo efecto. Me suena el móvil, sé que es Lucas, porque le tengo un tono de llamada para él; lo dejo sonar, ahora no quiero ni escucharlo, lo único que quiero es que mi niño se ponga bien. Ahora lo que me suena es un wasap. Lo miro y, al ver que es suyo, lo borro sin leerlo.

Me acuerdo que tengo que ir a trabajar, pero con Enzo enfermo llamo a mi amiga y le explico lo que pasa. Me dice que no me preocupe, y que, cuando sepa algo, la llame y le diga.

Me despido de ella y entonces el taxi se para, estamos en la puerta del hospital; mis padres vienen hacia mí. Mi madre coge al niño y mi padre se encarga de pagar la carrera. Entramos y, mientras yo le explico lo que le pasa al niño a una enfermera, mis padres se sientan con él en una sala de espera.

Me dice que esperemos, que avisan al pediatra de guardia, y nos sentamos. Me duele el alma ver a mi niño así. En cuanto llega el médico, nos hace pasar. Después de hacerle algunas pruebas y de contestar algunas preguntas, nos dice que tiene gastroenteritis, pero como ha vomitado varias veces, lo van a dejar en observación y le van a poner suero, pero que en un par de horas podemos irnos. Entramos en una sala y allí le cogen a mi niño una vía en su bracito y le ponen el suero. Qué penita me da ver a mi pequeño así, menos mal que mis padres están conmigo. Qué suerte tengo de contar siempre con ellos.

Estoy sentada al lado de mi hijo cuando me llega un wasap de un número que no conozco. Dudo si leerlo o no, pero me puede la curiosidad.

«Decirte que mientras tú anoche dormías, la que estaba con Lucas era yo. Solo decirte que ni él ni su polla pueden olvidarme y, por si no te lo crees, te mando este vídeo». Lo abro.

Son Lucas y esa mujer, la de siempre, en su despacho, ella le está besando el cuello y le está bajando la bragueta. Él se deja hacer.

Las lágrimas comienzan a aparecer en mis ojos, pero las freno, no quiero que mis padres me vean así. Siento como algo en mi interior acaba de romperse en mil pedazos. Miro a mi madre, me está mirando seria, pero no me dice nada. Entonces me acerco a ella.

—Mamá, ¿te importa quedarte con el niño?, tengo que solucionar una cosa. En cuanto le den el alta, os vais a casa y yo después voy para allí —le digo.

—Claro, cariño, no te preocupes por nada —me dice.

Mi padre se ofrece a llevarme, cosa que agradezco. Le digo que me lleve a casa de Lucas y que vuelva con mi madre y el niño. Hacemos el viaje en silencio. Mis padres me conocen bien y saben que algo me pasa, pero no me atosigan con preguntas, saben que, después, cuando los vea, les contaré. Llegamos, me despido de mi padre con un beso y quedamos en vernos en casa.


No me coge las llamadas ni me contesta los wasaps, pero de qué me sorprendo. No puedo quitarme de la cabeza la cara de Mara al irse, sé que iba llorando, pero la imagen del niño mirándome con sus ojitos llenos de tristeza me ha partido el corazón. Soy un jodido cabrón por haberme comportado así con las personas que menos se lo merecen, ellos, que, desde el minuto uno, me dieron tanto cariño, tanto amor.

Escucho la puerta cerrarse, es Mara. Qué raro, a esta hora debería estar en la tienda. Me levanto, pero ella ni me mira. Veo que entra en nuestro dormitorio, voy tras ella. Cuando entro, la veo que sale del vestidor con su maleta. La abre y la pone sobre la cama.

—¿Qué haces, Mara? ¿Qué significa esto? —le pregunto.

Tengo miedo de su respuesta. Me mira, pero no me contesta. Sigue guardando su ropa en la maleta. Me acerco a ella y la cojo del brazo, haciendo que me mire.

—Joder, Mara, no debí gritar al niño. Está bien, lo siento. Perdóname, por favor, pero no me digas que te vas por eso —le digo aterrado.

Me mira y lo que veo no me gusta.

—En primer lugar, tú lo has dicho, no debiste gritar a mi hijo, menos aún porque no sabías por qué lloraba así. Lo normal hubiera sido que preguntaras qué le pasaba, pero, claro, el señorito lo que hace es gritarle a un niño que está enfermo, que se ha pasado gran parte de la noche despierto y vomitando —me dice.

Entonces ya no me puedo sentir peor.

—¿Por qué no me lo dijiste? ¿Y dónde está Enzo?, ¿está mejor? —le pregunto preocupado.

—¿Sabes por qué no te dije nada?, porque no me diste opción. Aparte, estaba demasiado ocupada limpiando restos de vómitos, para cuando te levantaras, tu casa estuviera en orden —me dice.

Me he dado cuenta de la manera que ha dicho «mi casa» y de que no deja de meter la ropa en la maleta.

—En cuanto a si mi hijo está bien, ahora mismo está en observación, están poniéndole suero, pero en unas horas estará recuperado —me dice y comienza a llorar.

Intento acercarme a ella, necesito abrazarla, necesito que me perdone, pero ella me rechaza.

—Anoche pasé una noche de mierda en el bar. Después, cuando llegué a casa y vi que no estabas en la cama, me podías haber avisado de que el niño no estaba bien, podría haber venido —le digo.

—Para qué, Lucas, si hubiera hecho eso, te habría fastidiado la noche. —La miro sorprendido, no sé a qué se refiere—. Toma. —Me pone en la mano su móvil.

Veo que lo que me enseña es un wasap, lo leo, y Dios mío…

—Tu amiguita se ha tomado muchas molestias, y mira el vídeo, es de lo más interesante —me dice.

Me siento en el borde de la cama, las piernas se me han aflojado y no soy capaz de mirarle a la cara. Veo el vídeo, no me lo puedo creer.

—No pasó nada más, reaccioné a tiempo, Mara, y no pasó de eso que ves —le digo con la voz rota.

—¿Sabes qué?, me importa una mierda hasta dónde llegasteis. A partir de ahora puedes quedar con ella o con quien quieras, porque tú y yo hemos terminado —me dice.

Me quedo sentado en el mismo sitio, veo que Mara cierra su maleta y la pone en la puerta, ahora va al cuarto del niño. Comienzo a llorar de la impotencia que siento. No, joder, no podemos acabar de esta manera. Me levanto y voy a su encuentro, está cerrando la maleta de Enzo. Me quedo en la puerta, entonces es ahora ella la que se sienta.

—¿Sabes?, en el fondo no me sorprende, sabía que tarde o temprano volvería el Lucas de siempre. Estos meses han sido como una alucinación; ese Lucas no eras tú. En el fondo nunca fuiste tú, esto era lo que yo más temía. Porque yo lo puedo soportar, me duele, pero lo superaré, porque he superado cosas peores, pero lo que le pueda hacer daño a mi hijo... Desde ayer por la tarde me preguntaba que por qué estabas enfadado con nosotros, y cuando hoy le gritaste y vi su carita de dolor, eso no lo puedo superar. Con eso sí me haces realmente daño, eso me ha roto por dentro, Lucas. Ni ese vídeo con tu amiguita, ni aunque te la hubieras follado, nada es comparable como cuando le hacen daño a mi hijo, y tú se lo has hecho y no te lo perdono —me dice con lágrimas en los ojos.

Ahora el que no dejo de llorar soy yo, porque me merezco todo lo que me dice, porque me duele haberle hecho daño al niño.

—¿Sabes lo que más me sorprende?, es que encima querías tener un hijo, joder, otro niño, cuando odias el desorden, los llantos, las rabietas. ¿Sabes una cosa?, mientras tú dormías por las mañanas, yo me levantaba una hora antes de que me sonara el despertador para dejar limpia tu casa y cuando te levantaras estuviera todo en orden y en su sitio. Y aunque cuando me acostaba por las noches estaba reventada, ¿sabes qué?, me compensaba, porque estaba feliz y creía que tú también eras feliz, pero a la primera de cambio, cuando el niño enferma, porque no sé si lo sabes, Lucas, los niños tienen esa mala costumbre, que se enferman mucho, tú lo primero que haces es gritarle estando enfermo —me suelta y comienza a tocar las palmas—. Muy bien Lucas, eso es perfecto, menos mal que las veces que lo hemos hecho sin protección no ha tenido consecuencias, porque tú como padre dejas mucho que desear —me dice.

Veo que se levanta y coge la maleta. Va y coge la suya, que la había dejado en el dormitorio. Se va al salón, voy tras ella, quiero hablarle, pero no sé qué me pasa, no puedo. Veo que saca las llaves que le di y me las deja en el mueble, la veo salir de mi casa y no hago nada por impedirlo. Me dejo caer de rodillas al suelo y comienzo a llorar. No sé cuánto tiempo estoy así, me levanto y voy hacia el mueble de las bebidas, cojo una botella y comienzo a beber a morro. Me da igual, todo lo que quiero es olvidar. Cojo el móvil y llamo a Nerea.

—Hola, amor —me dice.

—Eres una hija de puta. En la vida creí que pudieras ser tan perra. No vuelvas a aparecer por mi bar ni vuelvas a llamarme, me das asco —le grito y cuelgo.

Sigo bebiendo hasta que me duermo o pierdo el conocimiento. Siento algo frío en la cara, qué coño es esto. Abro los ojos como puedo y veo la cara de preocupación de mi madre. ¿Y qué coño ha hecho?, me ha echado un vaso de agua en la cara.

—Joder, Lucas, estaba por llamar a emergencias —me dice asustada.

Con la cabeza a punto de explotar y como buenamente puedo, me incorporo en el sofá.

—Tómate esto. —Me da una pastilla y una taza de café solo.

Se lo agradezco.

—Al final la cagaste, ¿verdad? He ido a las habitaciones y no están sus ropas —me dice.

—Sí, como siempre. No os he defraudado, ¿verdad?

—Pues no, lo sabíamos todos —me dice molesta.

Veo que va a la mesa y coge su bolso.

—Ahora que ya veo que estás bien, me voy. Cuando quieras hablar, ya sabes donde estoy. —Me da un beso y se va.

Me quedo solo, en un piso ordenado, impoluto, pero sin vida. Porque así también me siento sin ellos. Tengo que hacer algo, tengo que recuperarlos. Me vuelvo a echar en el sofá. Espero que la pastilla haga efecto y, cuando se me pase el dolor de cabeza, poder pensar bien las cosas.

# Capítulo 31
# Mara/Lucas

Cuando llego a casa, entro con el corazón roto, pero tengo que disimular por mi hijo, no quiero que me vea mal. Lo primero que hago es ir a verlo, está acostado en el sofá viendo sus dibujos favoritos. Mis padres me ven las maletas, pero no me dicen nada; ahora mismo se los agradezco, no me apetece hablar.

Me siento al lado de mi niño y le pregunto cómo está.

—Mucho mejor, mami, ya no me duele nada y la abuela me ha dado un poco de sopa y no la he vomitado —me dice.

—Qué bien, cariño, pues ahora descansa e intenta dormir un rato. ¿Quieres ir a la cama o aquí en el sofá? —le pregunto.

—Mami, ¿por qué no vamos a casa con Lucas?, quiero verlo —me dice mi niño.

Entonces tengo que aguantar las lágrimas, mi hijo le ha cogido mucho cariño a Lucas y esto era lo que yo le quería evitar.

—Verás, cariño, a veces los adultos no hacemos bien las cosas, nos equivocamos, y Lucas y yo nos equivocamos en irnos a vivir juntos. Estamos mejor cada uno en su casa, ¿entiendes? —le intento explicar.

—¿Entonces los mayores también os equivocáis como yo cuando la profe me dice que intente escribir las letras dentro de los renglones? —me dice serio.

Mis padres y yo nos echamos a reír, porque te dice las cosas tan en serio.

—Bueno, más o menos, cariño, pero quiero que sepas que, aunque no vivamos con Lucas, él te quiere un montón, ¿vale?, eso tenlo por seguro —le digo.

—Joo, con lo que me gustaba mi cuarto nuevo y, sobre todo, que en la tele de Lucas había siempre muchos dibujos —dice medio molesto.

Mis padres y yo le sonreímos y no le decimos más. Al rato se duerme, entonces, les digo a mis padres que necesito hablar con ellos.

—Hija, tú dirás —me dice mi padre.

Nos sentamos y les explico todo. Desde la noche anterior a que Enzo enfermara, cuando ya noté a Lucas extraño, al grito que le dio al niño cuando no dejaba de llorar y el video que me mandó la amiga de Lucas; no me dejo detalle. Ellos están callados dejando que me explique. Cuando termino, me limpio las lágrimas que han empezado a correr por mis mejillas.

—Hija, esta es tu casa, y tanto tu madre como yo estamos felices de teneros aquí, pero sé que Lucas te quiere y quiere al niño, eso se nota a la legua. Estuvo mal que le gritara, eso no te lo discuto, pero un mal día lo tiene cualquiera, y si vivís como una familia, llegará el momento que le tenga que reñir al niño porque haga algo mal o que lo castigue. Esa potestad la debe de tener, tanto para lo bueno como para lo malo —me dice mi padre.

—Ya lo sé, papá, pero no es porque le gritara o sí..., no sé, es porque no se molestó en saber qué le ocurría al niño, y tú no viste la carita de Enzo cuando pasó —le digo llorando.

—Y respecto al video, las personas son muy egoístas, Mara. Hay malas personas por ahí que, por conseguir lo que quieren, son capaces de cualquier cosa. Yo creo a Lucas. Si te dijo que no pasó más de lo que ves, yo le creo. Él ha hecho muchas cosas por vosotros y tú misma has visto su cambio, ¿crees que lo estropearía todo por un rato con esa chica? Yo no lo creo. Además, si hubiera pasado algo más, ten por seguro que ya tendrías el video en tu móvil —me dice mi padre.

—Ya lo sé, papá, y quiero creer eso, pero estoy muy dolida, quiero pensar bien las cosas —les digo.

—Claro, hija, tómate tu tiempo. Nosotros egoístamente estamos felices de que estéis aquí, pero sabemos que tu felicidad está con él —me dice y me da un beso en la frente.

Mis padres se levantan y me dejan sola en el salón, pensando en todo lo que hemos hablado.


Mis días desde que no están Mara y Enzo en casa son una mierda; voy al bar, pero sin ganas. Mi padre ha intentado hablar varias veces conmigo, pero en seguida lo corto, no tengo ganas de que nadie más me eche la bronca. Ahora mismo estoy en mi despacho, pero no hago otra cosa que beber. Hasta que me suena el móvil, y veo que es Juan, el padre de Mara.

—Hola, Juan, ¿cómo está? —le pregunto.

—Bien, Lucas. Te llamaba porque me gustaría hablar contigo. ¿Cuándo podríamos vernos? —me dice.

—Pues mañana mismo si quieres —le digo.

Al final hemos quedado al día siguiente a las doce en mi casa. No sé por qué, pero la llamada de Juan me ha animado un poco, así que decido salir a la barra y me pongo a poner copas.

Sobre las tres de la madrugada me voy a casa. Mañana tengo una cita importante y quiero estar descansado. Me levanto sobre las once, me ducho y me tomo un café. Recojo mi habitación y veo que todo lo demás está en orden, pero, claro, quién va a desordenar todo si solo estoy yo; pienso en Enzo y me invade la tristeza.

A las doce en punto suena el timbre, abro la puerta.

—Hola, Juan, me alegro de verte, pasa. —Me da la mano a modo de saludo.

Pasamos al salón y le pregunto qué quiere de beber. Al final nos tomamos unas cervezas.

—Antes de nada, Juan, me gustaría pedirte disculpas. Bueno, a ti y a Manuela, a los dos —le digo avergonzado.

—No he venido a que me pidas disculpas, Lucas, he venido a hablarte de Mara —me dice.

—¿Le ha pasado algo? —le pregunto preocupado.

—Está pasándolo mal, lo intenta disimular cuando estamos delante, pero cuando se va a su cuarto la escuchamos llorar y, últimamente, pasa mucho tiempo encerrada.

—Yo siento mucho todo esto. Yo también lo estoy pasando muy mal, Juan, y lo que menos quiero es que Mara sufra o sufra Enzo —le digo sincero.

—Mira, Lucas, mi hija es todo para nosotros, ella y Enzo; si ellos sufren, sufrimos nosotros. Sé que pagaste con Enzo cosas que no debías, pero, bueno, un mal día lo tiene cualquiera, y así se lo hicimos saber a mi hija. Con respecto al video que le mandó esa chica a mi hija, yo te creo, porque si hubiera pasado algo más, mi hija ya hubiera recibido otro video. Yo solo te digo que no lo des todo por perdido. Mara te quiere. Dale espacio, pero no demasiado; hay mucho aprovechado que estaba esperando esto para actuar.

—Ese amiguito suyo está rondándola, ¿verdad?

—Yo no te digo más —me dice.

—Juan, yo a tu hija la amo, y a Enzo igual, no sabes lo que me arrepiento de mi comportamiento con el niño, no sabes cuánto, pero voy a recuperarlos. Le voy a dar algo de espacio, pero tu hija y tu nieto volverán conmigo —le digo sincero.

Juan asiente con un movimiento de cabeza y me sonríe.

—También agradecerte tu confianza y pedirte, por favor, que, ya que yo no puedo, me la cuides y le espantes a los moscones —le digo.

Nos despedimos y sale de mi casa, y yo me quedo pensando en todo lo que hemos hablado, y me pongo enfermo de saber que el soplapollas de su amiguito la esté rondando, me hierve la sangre.


Después de terminar mi turno en la tienda, recojo a Enzo del colegio y nos vamos a casa. Llegando a mi portal me encuentro con Adrián.

—Hola, Mara, me alegro de verte. —Me da un beso y otro a mi hijo.

Me sorprende que no me diga «te lo dije» cuando le explico que estoy de vuelta en casa de mis padres. Seguramente lo piensa, pero no me lo dice. Me acompaña a mi portal y quedamos por la tarde en llevar a Enzo al parque.

—Mamá, ya estamos aquí —digo al entrar en casa.

—Venga, pues lavaros las manos y a comer —nos dice ella.

—Mamá, no me apetece comer, tengo el estómago algo revuelto —digo yo.

—Pero hija, tienes que comer, has perdido peso y no tienes buena cara —me dice preocupada.

Me meto en mi habitación y al final me tomo un yogur para que mi madre no me diga nada más. La verdad que me sienta bien en el estómago. Me echo en mi cama y en seguida me vienen a la mente los momentos vividos con Lucas, y lloro. Lo extraño tanto.

Pero me ha hecho daño. Intento tranquilizarme, no quiero que ni mis padres ni mi hijo me vean mal, así que me obligo a dejar de llorar.

Me meto en la ducha y me arreglo un poco, cojo la mochila de Enzo y vamos a la calle. Ya Adrián nos está esperando en el portal. Nos vamos dando un paseo al parque. Una vez allí, Enzo se va a la parte del arenero con sus juguetes y Adrián y yo nos sentamos en una terraza que está justo al lado a tomarnos unos refrescos.

—Se le ve bien, ¿verdad? —dice Adrián.

—Sí, está muy bien, y si él es feliz, yo también lo soy —le digo.

—Eres una gran madre —me dice.

Le sonrío, se le ve cambiado y todo el mundo se merece otra oportunidad, y yo lo considero muy buen amigo a pesar de todo.

—En cambio, tú, Mara, estás más delgada y no tienes buena cara.

—Bueno, llevo unos días regular, pero poco a poco estaré mejor —le digo.

Miramos donde está Enzo y nos sorprendemos al ver a Lucas en el suelo jugando con él. Adrián me mira, pero no me dice nada.

—Ahora vengo, Adrián. —Me levanto y voy hacia ellos.

Lucas, en cuanto me ve acercarme, se levanta y se sacude la arena de los pantalones.

—¿Qué haces aquí, Lucas? —le digo molesta.

—Lo echaba de menos, y he hablado con tu padre, me dijo donde encontraros, lo que no esperaba era verte con ese —me dice.

—En serio, Lucas, después de todo, es eso lo que vas a decir —le digo y no me lo creo.

—Tienes razón, perdona. Quería veros. Esto es muy duro, Mara, os echo mucho de menos, y tenías razón, mi casa está vacía y silenciosa sin vosotros y no puedo soportarlo.

Irremediablemente comienzo a llorar.

—No llores, nena, te he dado tiempo, pero esto es lo máximo que te he podido dar, necesitaba veros. —Me toma de la mano.

—Estás helada, Mara, ¿te encuentras bien? —me dice preocupado.

No le digo nada, la verdad que no me encuentro muy bien, pero me lo callo.

—Estoy, que no es poco —le digo con la voz tomada.

Mi niño se acerca corriendo donde estamos nosotros.

—Lucas, mira lo que he hecho con la arena.

—Guau, eso está muy bien, campeón.

El niño se abraza a su pierna.

—¿Sabes?, quiero ir un día a tu casa. Allí me dejé muchos juguetes —le dice inocente.

—Puedes ir cuando quieras, tu cuarto te está esperando, y tus juguetes también —le dice Lucas cariñoso.

Miro el reloj, ya es hora de irnos, y miro a Adrián, que no nos quita ojo.

—Bueno, es hora de irnos, Enzo. Despídete de Lucas.

El niño se engancha a su cuello.

—Adiós, Lucas. Espero de verdad que todo te vaya bien —le digo yo con sinceridad.

—Mara, me gustaría poderos ver otro día, cuando a ti te venga bien —me dice él.

—Mejor no, Lucas, no quiero confundir al niño —le contesto.

Me quedo callado y veo como se van los dos amores de mi vida, se alejan con ese tío que sabe que los estoy mirando y aprovecha para agarrar a Mara de la cintura, maldito hijo de puta.

Pero me quedo con lo que me ha dicho Enzo al oído cuando se despidió de mí.

«No voy a dejar que Adrián y mi mamá sean novios, ella es para ti».

Ese es mi chico.

# Capítulo 32
## Mara/Lucas

Ya ha pasado un mes desde que estoy en casa de mis padres; un mes donde no he dejado de pensar en Lucas; un mes donde todavía puedo sentir sus besos en mi piel; un mes y mi corazón todavía no se recompone.

Ayer tuve que salir antes de mi horario de la tienda, llevaba unas semanas sintiéndome mal y al final, entre Merche y mi madre, me convencieron de que fuera al médico. Hoy me han llamado de que puedo recoger los resultados y mi madre me acompaña. Y aquí estamos las dos en la sala de espera. Yo estoy aterrada y mi madre me tiene de las manos cogidas, intentando que me tranquilice.

—Tranquila, hija, seguro que todo está bien, tiene que ser los nervios, ya verás como es eso —intenta tranquilizarme.

Los minutos en la sala de espera se me hacen eternos, o es lo que me parece a mí. Menos mal que la enfermera sale de la consulta y nos hace pasar.

—Bueno, Mara, aquí tengo tus resultados —me dice el médico en cuanto nos sentamos.

—Dígame, doctor, ¿tengo algo malo? —le pregunto acojonada.

—Pues yo creo que malo no es. Estás embarazada, Mara; estás de doce semanas —me dice, y me quedo impactada.

Miro a mi madre, que se pone las manos en la boca y tiene los ojos llorosos, y yo que no puedo ni hablar.

—Mara, llevas tres meses sin regla. ¿En serio no sospechabas nada? —me dice el doctor.

—Verá, es que últimamente he pasado por épocas de nervios y demás, y entonces la falta de regla la achacaba a eso —le digo como puedo.

—Pues esos nervios han resultado ser un bebé, ahora tienes que cuidarte un poco más, tener cuidado con las comidas y tomarte estás pastillas. Ahora vamos a pasar y te haremos una exploración y vemos cómo va ese bebé —me dice el doctor, y yo asiento con la cabeza.

Salimos de la consulta. Yo voy temblando, y mi madre, que se da cuenta, me toma de las manos.

—Venga, Mara, es una alegría, hija —me dice emocionada.

—Lo sé, mamá, es solo que no me lo esperaba —le contesto.

La enfermera nos hace pasar a una sala y me dice que me desnude de cintura para abajo; mi madre me ayuda. Me tumbo en una camilla y me echa por encima una sábana. Entonces llega el doctor. Mi madre se sienta en una silla a mi lado y me da la mano. No decimos nada, no hace falta.

El doctor me hace una pequeña exploración y me dice que todo va bien. Entonces me dice que vamos a ver al bebé. Me echa un gel que está helado en el vientre y comienza a mover el ecógrafo apretando un poco la zona; de pronto, aparece algo en la pantalla.

—Ahí está. Mira, Mara, ¿ves esta habichuelita de aquí?, pues es tu bebé —me dice.

Tanto mi madre como yo lloramos emocionadas.

—El bebé está perfecto, mide cuatro centímetros y pesa unos quince gramos, está dentro de la media, y ahora vamos a escuchar el corazón —dice el doctor.

De pronto se escucha en la sala un sonido muy fuerte y rápido, muy rápido. El médico nos dice que es normal que el latido sea así, dice que ya puedo vestirme y que me espera fuera. Mi madre y yo no decimos nada, estamos sobrecogidas con la noticia.

Al salir, el doctor me da una serie de pautas y me da la receta de las pastillas que tengo que tomarme, y en un sobre me da la ecografía de mi bebé. Lo guardo todo en mi bolso.

Mi madre y yo salimos de la consulta y ya la enfermera me da cita para la semana veinte.

Ya estoy un poco mejor. Después de la sorpresa inicial, estoy mejor. Será que al ver a mi bebé y escuchar su pequeño corazoncito, me he hecho a la idea. Además, ya no hay de otra, tengo un bebé dentro de mí, un bebé de Lucas y mío.

Dios mío, cuando Lucas se entere.

—Hija, sabes que tienes que hablar con él, ¿verdad? —me dice mi madre—. Tiene derecho a saberlo, es su padre.

—Lo sé, mamá, pero ahora necesito hacerme a la idea —le contesto.

Llegamos al barrio y entramos en la farmacia, compro lo que me ha recetado el doctor y vamos a casa, ahora tengo que decírselo a mi padre.

—Por fin habéis llegado, estaba de los nervios —nos dice mi padre al entrar en casa.

Me acerco a él y le doy un beso.

—Enhorabuena, abuelo —le digo en el oído.

Me mira muy serio, y yo me pongo la mano en el vientre, ya no hace falta que digamos más. Me acerca a él y me abraza; mi madre mira la escena con lágrimas en los ojos.

—Hola, papá —le digo a mi padre, entrando en su despacho.

—Lucas, hijo, ¿qué haces aquí? —me dice y se levanta a darme un abrazo.

Le devuelvo el abrazo a mi padre y le digo que vengo a hablar con él. Me dice que me siente.

—Verás, papá, como sabes, quiero recuperar a Mara y al niño, y he estado dándole muchas vueltas a las cosas. Quiero cambiar de vida y quiero formar una familia con ellos, y para eso tengo que deshacerme de todo mi pasado, papá. Quiero vender el bar.

Mi padre se sorprende mucho.

—¿Estás seguro, hijo? —me pregunta.

—Sí, quiero una nueva vida con ellos, y formar una familia y el bar son incompatibles. Por lo menos para mí. Los horarios, el estar todas las noches fuera, eso no es vida, papá. Quiero que me ayudes, tienes contactos, y si te parece bien me gustaría comenzar a trabajar aquí, contigo —le digo.

Mi padre me mira, no puede creerse lo que le digo, no me dice nada y yo me pongo más nervioso. Al cabo de unos segundos dice:

—Hijo, no sabes la alegría que me acabas de dar. Claro que te ayudaré. Lo de la venta del bar déjalo en mis manos, buscaremos un buen comprador y yo me hago cargo de todo el papeleo. En cuanto a trabajar aquí, sabes que es lo que yo más deseaba, tienes un despacho esperando por ti. Me alegro de que hayas abierto los ojos, Lucas. Me alegro de verdad, hijo, y tu madre se va a poner loca de contenta.

Se levanta y me da otro abrazo.

Me despido de él y me dice que me vaya tranquilo, que se pone con la venta del bar ya.

Me voy a mi casa. Estoy tomándome una cerveza cuando recibo un audio de mi madre.

«Hijo, tu padre me acaba de dar la noticia, no puedo llamarte porque entro ahora a quirófano, pero que sepas que me has dado la alegría más grande de mi vida. Estoy muy orgullosa de ti. Te quiero».

Escucho el audio varias veces, me alegra ver que mis padres están contentos con mi decisión.

Esta noche cuando llegue al bar hablaré con los chicos. Me da pena venderlo, no lo niego, luché mucho por tener este local, pero Mara y el niño son más importantes para mí. Sin ellos no puedo vivir.

Me suena el móvil, veo que es mi amigo Cristian.

Hablamos un rato, le cuento todo lo que ha pasado en mi vida las últimas semanas y se sorprende de que vaya a vender el bar, pero me dice que es lo mejor y que se alegra por mí, que luche por ellos, por mi familia. Me gusta eso que ha dicho de mi familia.

Las dos semanas siguientes son un caos. Gracias a los contactos de mi padre vendí el bar en tiempo récord. Un hijo de un conocido suyo buscaba un local así, y cuando mi padre se lo comentó, no lo dudó. Lo mejor de todo es que también se quedaba con mis camareros. Eso para mí también era una gran tranquilidad, saber que conservaban su puesto de trabajo, puf.

Llevo ya dos días sin el bar, y lo echo de menos, pero menos de lo que creía; también he empezado en el bufete de mi padre, y, claro, los horarios no tienen nada que ver. Tener la tarde libre y las noches, eso es maravilloso. Mis padres están superfelices por mí, ahora lo que me falta son Mara y el niño. Ella no sabe nada aún, estas semanas que he estado liado con la venta la he dejado para que tenga su espacio, quería hablar con ella cuando ya lo tuviera todo hecho. Pero me suena el móvil y es ella. Es Mara.

—Hola, Mara, ¿cómo estás? —le digo nervioso.

—Bien, Lucas, ¿y tú? —me dice ella.

—Pues mira, ahora mismo estaba pensando en ti, necesito hablar contigo de algo importante —le digo.

—Pues vaya casualidad, yo también tengo algo importante que decirte. Podríamos vernos esta tarde, sé que está noche trabajas, pero no te quitaré mucho tiempo —me dice.

Sonrío, no quiero decirle nada por teléfono.

—No te preocupes, a la hora que digas, estará bien —le contesto.

Quedamos en vernos a las siete en una cafetería cercana a su casa. Estoy muy nervioso y decido llamar a mis padres. Ellos me desean buena suerte. Y me dicen que, sobre todo, le hable con la verdad. Tengo que hacer lo posible para que Mara me perdone y podamos empezar de cero.

Me siento en el sofá para tranquilizarme y pienso en que yo antes creía que era feliz con la vida que llevaba, y no era así, no todo en la vida era tener sexo con una chica diferente cada noche; feliz sería ahora si Mara y el niño estuvieran conmigo en casa. Ahora que tengo las tardes y las noches para disfrutarlas con ellos. Y tengo que hacer lo imposible para que eso sea así.


—He quedado con Lucas a las siete —les digo a mis padres.

—Muy bien, hija. Ya ha pasado unos días y él tiene que saberlo —me dice mi padre.

—Lo sé, lo sé —le contesto.

—Sabes que él estará feliz —me dice.

—Lo sé, papá. Él estaba ansioso por tener un hijo. Era yo la que le pedía un poco de tiempo y mira. —Me acaricio la tripa.

Todavía tengo poca, pero algo se empieza a notar ya. Mis padres se quedan con Enzo, prefiero ir sola y poder hablar con tranquilidad. Decido ponerme un vestido largo suelto, así disimulo algo lo poco que tengo que disimular. Estoy nerviosa, me recojo el pelo en una coleta y ya. Me despido de mis padres y del niño y salgo de casa.

Cuando llego a la cafetería, ya Lucas me está esperando. En cuanto me ve, se levanta y me da dos besos. Madre mía, qué guapísimo que está con esos pantalones rotos y esa camiseta que le marca todo el pecho, y cómo huele. Cuando se me ha acercado a darme los dos besos, por poco no me engancho a su cuello.

Nos sentamos y la camarera se acerca para ver qué quiero tomar, aunque es a Lucas a quien no le quita ojo. Pero él solo tiene ojos para mí, ni la mira. Eso me gusta. Le pido que me traiga un zumo de piña. Ella se va contoncando las caderas; será guarra, no ve que está conmigo.

—¿Cómo has estado, Mara? —me dice Lucas.

—Bien, ¿y tú? —le contesto.

—Bien, deseando contarte algunas cosas —me dice y sonríe.

Si él supiera lo que tengo que contarle yo.

# Capítulo 33
## Lucas/Mara

Está preciosa, distinta, no sé…, la veo diferente, pero más guapa, más mujer.

—Bueno, Lucas, empieza tú —me dice.

Llegó la hora, es ahora o nunca.

—He vendido el bar. —Ea, ya lo he dicho.

La miro y tiene la cara blanca. Creo que eso era lo único que no creería escuchar nunca de mi boca.

—Sí, lo he vendido, estoy trabajando en el bufete de mi padre, y aunque no te lo creas, estoy feliz, me gusta esta nueva vida, y os quiero al niño y ti de vuelta en ella.

Sigue callada.

—¿No tienes nada que decir, Mara? —le digo preocupado.

—Guau, es que, la verdad, estoy alucinando, Lucas. En la vida imaginé que pudieras hacer eso. El bar lo era todo para ti, Lucas, además, no te gusta ejercer de abogado. No sé, yo…

—Ehh —la corto—. El niño y tú sí sois lo más importante para mí, en serio, Mara. Sois mi vida, y reconozco que llevar una vida familiar con los horarios del bar no eran compatibles, por lo menos para mí, ahora es todo tan diferente, Mara. Trabajo hasta el mediodía, y lo más importante, me gusta mi trabajo. Nunca había ejercido, por eso decía que no iba conmigo, pero la verdad es que estoy muy cómodo y a gusto en ese ambiente. Lo único que me falta para ser completamente feliz sois vosotros. Os quiero de vuelta, Mara, no sabes cuánto os echo de menos; todo, el desorden, las prisas por las mañanas, que por mucho que intentaras evitarlo, siempre me despertabais, ver a todas horas dibujos animados, todo.

Nos echamos a reír.

Ya está, ya está todo dicho.

—No sé qué decir. La verdad, estoy muy sorprendida, Lucas, y feliz, feliz por ti, de verdad, porque si este cambio en tu vida es para bien, pues me alegro mucho. No te voy a mentir, yo también te echo mucho de menos y sé que mi hijo también —me dice.

Me echa de menos, esto va por buen camino. Lo veo en sus ojos.

—Vamos a empezar de nuevo, Mara, esta vez será la definitiva, te lo prometo. Quiero todo contigo, todo.

Veo que comienza a llorar y mis ojos también están lagrimosos. Veo que busca algo en su bolso, saca un sobre y me lo pone delante.

—Toma, espero que esto sea otro motivo más de felicidad para ti —me dice emocionada.

Cojo el sobre extrañado y lo abro. Dios mío, ¿es una ecografía y este puntito es… mi bebé?

—¿De verdad, Mara?, ¿voy a ser padre?

Lo afirma con la cabeza y es entonces cuando el que llora soy yo. No me lo puedo creer, voy a ser padre. Cuando me tranquilizo, me levanto y me siento en la silla al lado de ella. Le cojo la

cara con las manos y hago lo que llevo semanas deseando hacer…
besarla. Después le pongo las manos en su vientre, está un poco
más abultado que de costumbre, pero es que ahí está mi bebé.

—¿Desde cuándo lo sabes? —le pregunto.

—Dos semanas. Está todo bien, pero tenía que asimilarlo —
me dice.

—Me imagino. Me has hecho muy feliz, Mara. Inmensamente feliz. Te quiero, y quiero que formemos una familia —le digo
emocionado.

—Yo también te quiero, Lucas. Te amo.

Le pregunto si sus padres lo saben y me dicen que sí, que están
muy contentos con la noticia. Que tiene que decírselo al niño, él
todavía no sabe nada.

—Vamos a decírselo los dos juntos, vale, me gustaría que desde ya lo hagamos todo juntos. Otra cosa, Mara, me gustaría poder adoptar a Enzo. Quiero que sea mi hijo, pero con todas las
de la ley, y quiero que lleve mi apellido, si te parece bien y él me
acepta, claro —le digo.

La veo como se emociona por momentos y entonces la que
llora ahora es ella, son demasiadas emociones para un mismo momento.

—Nena, por favor, para de llorar, me estás asustando. ¿Es que
no quieres? —le digo preocupado.

—Es todo lo contrario, Lucas, me hace muy feliz que quieras
ser el padre de mi hijo.

—Por supuesto que quiero, quiero a Enzo, muchísimo, y te
prometo que voy a quererlo siempre, los querré por igual, y los
querré por encima de todo; eso es lo que hacen los padres, ¿no?

Le digo eso porque fue lo que me dijo ella cuando descubrí que tenía un hijo.


Madre mía, Lucas quiere adoptar a mi niño, está feliz con la noticia de mi embarazo y hemos vuelto, y yo que no puedo parar de llorar. Quedamos en hablar con Enzo, y Lucas quiere preguntarle al niño si quiere que él sea su papá. Sé que mi hijo le dirá que sí. Estará encantado.

Vamos andando hacia mi portal y me dice que podríamos ir mañana a casa de sus padres a darles la noticia, quiere que también nos acompañe mis padres. Así que le he dicho que sí.

Cuando llegamos, me da un beso corto en los labios y se agacha y me da un beso en la tripa.

—Mañana nos vemos, bebita —le habla a la barriga.

—¿Bebita? —le digo sorprendida.

—Sí, sé que será una niña, y será tan bonita como tú —me dice.

Se da la vuelta y se va. Subo feliz a casa de mis padres, ellos están en el sofá con Enzo. No queremos hablar con el niño delante, pero solo tienen que verme la cara de felicidad para saber que todo ha ido bien. Estoy feliz, es increíble cómo la vida puede cambiarte en un momento.

Han sido muchos cambios, y todos a mejor, sin duda.

Por la mañana, aprovechando que el niño sigue dormido, les cuanto todo a mis padres, están felices, sobre todo se alegran de que Lucas esté dispuesto a adoptar a Enzo.

—Eso dice mucho de él como persona, Mara —me dice mi padre.

—Sí, la verdad es que me sorprendió.

Les digo que en un rato viene a buscarnos a todos para pasar el día en casa de sus padres. Vamos a darles las noticias y quiere que estemos todos presentes.

Cuando mi hijo se despierta, lo visto y le doy el desayuno. Al rato me llama Lucas y me dice que ya sale de casa y viene a buscarnos.

Salimos los cuatro de casa y, cuando bajamos, ya Lucas nos está esperando fuera de su coche. En cuanto mi hijo lo ve, sale corriendo a sus brazos. Lucas lo coge y le da un beso en la mejilla. Me emociono al ver cuánto se quieren. Él se encarga de montar al niño en su sillita y después saluda a mis padres y a mí me da un beso en la mejilla.

Conduce tranquilo y, cuando llegamos a casa de sus padres, Enzo grita.

—Bien, vamos a ver a Emilia y Manuel —dice loco de contento.

Pero si hablamos de contentos, en cuanto los padres de Lucas nos ven a todos, no pueden disimular su alegría. Mi hijo se va directo a Manuel, él lo coge en brazos, encantado.

—Te he echado de menos, pequeño —le dice a mi niño.

—Yo también a ti, ya… Manuel.

Mi niño iba a decirle yayo, como le dijo Manuel que lo llamara, pero como pasó aquel incidente con Lucas…

Veo que Lucas me mira, entonces coge al niño de los brazos de su padre.

—Ven, campeón, tengo una cosa que decirte.

Nos quedamos todos callados y mirándolos.

—A partir de ahora puedes decirles yayos a mis padres, vale, ellos están encantados de que los llames así, porque tú para ellos ya eres su nieto —le dice Lucas.

—Pero no lo soy, Lucas, tú no eres mi papá y no quiero que te enfades conmigo por llamarlos así —le dice mi niño.

Y entonces me pongo a llorar como una magdalena, las hormonas me tienen supersensible. Emilia me coge de la mano para tranquilizarme.

—Sabes una cosa, Enzo, a mí me gustaría mucho ser tu papá. Si tú quieres, yo estaría encantado de que me llamaras papá, porque yo ya te considero mi hijo. Y te quiero como tal. ¿Tú quieres que lo sea?

Estamos todos emocionados viendo la escena.

—Claro, es lo que más quiero —le dice mi niño.

—Bueno, pues a partir de ahora, nada de Lucas, ¿vale?

—Vale, papi —le dice mi niño.

Ahora es a Lucas al que se le escapa una lagrimita. Se abrazan los dos y yo me uno a ese abrazo.

—Bueno, y al final, ¿cómo nos vas a llamar a nosotros? —le dice Manuel al niño.

—Yayos. Os gusta, ¿no?

Nos echamos a reír todos.

—Nos encanta —dicen los padres de Lucas a la vez.

Pasamos todos al salón y nos sentamos, ahora toca dar la otra noticia y estoy nerviosa. Le hago una señal a Lucas para que hable él.

—Otra cosa. Ya que estamos todos con las emociones a flor de piel, os queríamos contar una cosa más. Aparte de lo evidente,

que es que Mara y yo hemos vuelto, tenemos una noticia más…
¡Vamos a tener un bebé! —dice Lucas exultante.

Sus padres se ponen como locos con la noticia, ahora los que
lloran son los abuelos. Miro a Enzo, que está sentado en una silla,
pensativo.

—¿Qué te pasa, cariño?, ¿no estás contento con la noticia del
hermanito? —le digo a mi niño.

—Sí, estoy contento, pero ¿entonces voy a ser el hermano mayor?

—Claro. ¿Y a que lo vas a cuidar? —le digo.

—Sí, mami, lo voy a cuidar y a quererlo mucho —dice contento.

—Vas a quererla, porque seguro que es una niña —le dice
Lucas a mi niño.

Nos sentamos todos alrededor de la mesa. Mi madre y María
ya tenían todo preparado, pero todavía queda una sorpresa más
y esa solo la sé yo.

# Capítulo 34
## Lucas/Mara

Comemos y estamos felices todos a la mesa. Todavía no puedo creerme que vaya a ser padre, y por partida doble, ya que Enzo me ha aceptado como su papá. Esta semana mi padre y yo nos pondremos con la documentación que necesito para los tramites. Estoy loco de contento y mis padres están eufóricos. Después del café, seguimos sentados en el salón y entonces me levanto.

Me pongo de rodillas delante de Mara, en seguida ella se pone las manos en la cara.

—Cariño, sé que hemos pasado por mucho, sobre todo tú; por mi forma de ser y mis miedos no te lo he puesto nada fácil. Siempre me he considerado un hombre libre, pero llegaste tú, y con tu cariño, generosidad y amor, llegaste a este duro corazón, derribaste las barreras que puse hace muchos años por miedo a sufrir. Ayer me hiciste el hombre más feliz del mundo, voy a ser padre de este hombrecito de aquí y de esa bebita que crece en tu vientre, y para que mi felicidad sea completa, ¿quieres casarte conmigo y pasar el resto de tu vida al lado de este loco, pero que está completamente enamorado de ti?

Saco la cajita con el anillo, del bolsillo del pantalón. Mara se echa a llorar.

—Claro que sí, amor —me contesta.

Le pongo el anillo en el dedo y me levanto del suelo, y la abrazo fuerte contra mi cuerpo.

—Te quiero, nena, te quiero como nunca nadie ha querido jamás —le digo.

—Yo a ti más —me dice.

Nos echamos a reír todos. En seguida comienzan las felicitaciones. Mi madre, Manuela y Mara siguen muy emocionadas y no paran de llorar.

Me acerco a mi chica y la beso, le digo de salir esta noche a celebrar y me dice que sí. Estoy feliz.

Nos despedimos de mis padres, y vamos a casa de Mara. Me despido de mis suegros y del niño, y quedo con Mara en recogerla en una hora.


Me doy una ducha rápida con mi niño, a él le pongo el pijama y le digo que vaya con el abuelo, ahora tengo que mirar qué me voy a poner de ropa.

Me decido por un vestido corto, con la cinturilla ancha y falda de vuelo, sandalias con un poco de tacón y, la verdad, me miro en el espejo y no me veo del todo mal. El pelo me lo dejo suelto, algo de maquillaje y mi perfume. Ya estoy lista.

—Mamá, ¿me veo bien? —le digo.

—Te ves preciosa, Mara —me dice mi madre.

—No me creo todo lo que está pasando, mamá, me parece un sueño —le digo.

—Pues no lo es, cariño, es la realidad, y la realidad es que te mereces todo lo bueno que te está pasando —me dice mi madre.

En ese momento me llega un wasap de Lucas diciéndome que está abajo esperándome.

—Mara, vete tranquila, y si te quedas en casa de Lucas, me avisas, ¿vale? —me dice mi madre.

Me despido de mis padres y de mi niño, que ya está medio dormido. Salgo del portal y veo a Lucas esperando apoyado en la puerta del coche.

Está guapísimo, lleva un traje con chaqueta, camisa y sin corbata, y le queda…, parece un auténtico modelo y es mío, completamente mío. Me acerco a él y le doy un beso.

—Estás preciosa, nena —me dice.

—Tú sí que estás guapo —le digo.

Me abre la puerta del coche y me monto. Lo veo andar con paso decidido a su puerta, la abre y se sienta con una seguridad arrolladora, no puedo dejar de mirarlo.

Conduce con cuidado y llegamos a un restaurante. Es muy bonito y elegante.

—¿Has estado antes aquí, Lucas? —le pregunto.

—No, es la primera vez, me lo recomendó un compañero del bufete —me dice.

Nos llevan a nuestra mesa. Es todo tan íntimo, tan bonito.

—¿Sabes una cosa, Lucas?, se me hace raro vernos aquí de noche —le digo.

—Ya, es normal, pero sabes qué, me encanta. Ahora sí podemos hacer las cosas de una pareja normal. Lo de antes no era vida, Mara, y yo quiero hacer vida familiar. Poder llevar a los niños al colegio, salir por las tardes al parque, al cine y, sobre todo, acompañarte en todos los momentos importantes, y ahora puedo hacer todo eso, y estoy feliz —me dice.

—Yo también soy muy feliz, Lucas, tanto que no me lo creo, me da miedo que todo esto pueda romperse de un momento a otro —le digo.

Lucas me coge de las manos y se las lleva a los labios.

—No quiero que tengas miedo, nena, porque no hay motivos para tenerlo. Esto que tenemos ahora será para siempre, será así el resto de nuestras vidas —me dice.

Vienen a tomarnos nota de la cena y, mientras, aprovecho para ir al baño. Cuando salgo, veo a Lucas hablando con una pareja muy animadamente. Cuando llego a su lado, me doy cuenta de que es Isabel, la chica que conocí en el parque.

—Hola, Mara, me alegro de verte —me dice ella y me da dos besos.

—Hola, Isabel, lo mismo digo —le contesto.

—Mira, cariño, este es Cristian, mi mejor amigo y marido de Isabel —me dice Lucas.

Vaya, es guapísimo. Estos dos, cuando salían juntos, han tenido que hacer barbaridades.

Decidimos sentarnos los cuatro en la misma mesa a cenar. La velada se nos hace superamena. Cristian e Isa son muy simpáticos y Lucas ha estado toda la cena muy atento conmigo.

Lucas les dice a sus amigos lo del bebé. De seguida se levantan para felicitarnos y Cristian le pide al camarero que traiga una botella del mejor champan. A mí me toca brindar con zumo.

Después de la cena, decidimos ir a una discoteca que se está inaugurando. Nos montamos cada pareja en su coche y quedamos en el aparcamiento del local.

—¿Te das cuenta, nena?

Lo miro sorprendida.

—De qué —le digo.

—Esta noche es nuestra primera cita, como cita cita —me dice él.

—Pues sí, y vamos a disfrutarla —le digo yo.

Aparcamos y vemos a Cristian e Isa venir hacia nosotros. Nos acercamos a la puerta y hay una cola enorme para entrar, menos mal que Lucas conoce a los porteros y pasamos de tirón.

—Nena, cuando estés cansada, me dices y nos vamos.

—No te preocupes, amor, estoy bien y con ganas de bailar —le digo, me acerco a él y lo beso.

Mientras Lucas y Cristian se van a la zona de los sillones, Isa y yo vamos a la pista a bailar. Bailamos bajo la atenta mirada de nuestros chicos, que no nos quitan ojo.

La música que pone el DJ es muy buena y el ambiente también, la verdad es que estamos a gusto. Veo que Cristian y Lucas vienen hacia la pista. Cristian se pone a bailar una bachata con su mujer y veo que Lucas va hacia la cabina del DJ. Lo miro extrañada. Veo que tanto Cristian como Isa me miran y sonríen.

Entonces veo que Lucas viene hacia mí, con ese paso tan decidido suyo que hace que varias chicas se giren para mirarlo, pero es mío, totalmente mío, pienso orgullosa. Se me acerca y me abraza por la espalda. Dejo caer la cabeza sobre su duro pecho, y me muevo sensualmente, frotándome con su entrepierna. Él me deja un beso en el cuello.

De pronto, la música se acaba, bajan las luces, y Lucas me da la vuelta para estar cara a cara.

—Cariño, está canción te la dedico, la letra me recuerda a ti, a nosotros —me dice en el oído.

Me besa en los labios. Él pone sus manos en la parte baja de mi espalda, yo pongo las mías alrededor de su cuello. Comienza la canción y bailamos muy pegados; es preciosa, estoy atenta a lo que dice y me encanta. Tengo ganas de llorar porque es verdad, la canción está hecha para nosotros. Pero lo que no me esperaba era que, en el estribillo, Lucas me cantara al oído:

«Tú me cambiaste la vida. Desde que llegaste a mí, eres el sol que ilumina todo mi existir, eres un sueño perfecto, todo lo encuentro en ti.

Tú me cambiaste la vida, por ti yo he vuelto a creer, ahora solo tus labios encienden mi piel. Hoy no hay dudas aquí, el miedo se fue de mí, y todo gracias a ti».

Termina de cantar y lo miro a los ojos, apenas lo veo porque las lágrimas me lo impiden; no me puedo creer lo que acaba de hacer. Es lo más bonito que me han hecho en mi vida. Entonces Lucas limpia mis lágrimas con sus labios.

—Lucas, ha sido precioso, cariño. Tienes toda la razón, la canción está escrita para nosotros —le digo todavía emocionada.

—La escuché el otro día por la radio, y en cuanto la escuché, me recordó tanto a nosotros que no he podido evitarlo. ¿Te ha gustado entonces? —me pregunta.

—Me ha encantado. Gracias, amor, no dejas de sorprenderme. No sabía yo esta faceta tuya de cantante. —Lo beso en los labios.

Él sonríe. Entonces yo, con la punta de mi lengua, abro su boca y busco su lengua desesperadamente. Él me pone las manos en el culo y me aprieta más a su cuerpo, noto de seguida su dureza a través de los pantalones. Gimo en su boca, entonces él se separa.

—Nena, o paramos o damos el espectáculo, porque mira cómo me has puesto. —Y se señala la entrepierna.

Respiro agitadamente. Lucas mira mi escote y entonces dice serio:

—Nos vamos ya. —Me coge de la mano.

Me lleva por la pista hasta llegar a los sillones. Habla con Cristian e Isa, entonces me acuerdo de que tengo que avisar a mi madre. Le mando un wasap diciéndole que me quedo con Lucas. Salimos de la discoteca los cuatro. Ya en el aparcamiento quedamos en avisarlos cuando sepamos la fecha de la boda. Nos despedimos y no montamos en el coche.

—¿Te lo has pasado bien, nena? ¿Te ha gustado nuestra primera cita? —me dice Lucas.

—Me lo he pasado genial. Tanto Cristian como Isa me caen fenomenal y el remate ha sido cuando me has cantado al oído, eso ha sido increíble, Lucas, lo más bonito que nadie ha hecho por mí —le digo.

Me coge la mano y se la lleva a los labios. La besa.

—Te amo con locura, Mara.

—Y yo a ti más.

# Capítulo 35
# Lucas/Mara

Aparco el coche en el garaje y nos metemos en el ascensor. En cuanto se cierran las puertas, cojo a Mara en brazos y comienzo a besarla. Estaba como loco por hacerlo. Ella enrosca las piernas alrededor de mis caderas mientras yo le pongo las manos en el culo. Comienzo a moverla contra mi entrepierna. En seguida mi polla cobra vida. Llegamos a mi planta y, con ella todavía en brazos, abro la puerta de casa, la cierro con el pie y pongo a Mara contra la pared. Con una mano la sujeto y con la otra me bajo la cremallera del pantalón y le echo a un lado la braguita. Me cojo mi erección y se la paso por toda su abertura, recogiendo toda su humedad; está muy excitada y yo muy caliente. Así que no lo demoro más y la penetro. Mara gime en mi oído y eso me pone todavía más si es posible. Estoy totalmente enterrado en ella y tengo que parar unos segundos para tranquilizarme, si no, esto va a terminar muy pronto.

La miro a los ojos.

—¿Estás bien? —le pregunto.

Ella asiente con la cabeza.

—Pensaba hacerlo de otra manera, pero tenemos toda la noche y estaba loco por estar dentro de ti.

—Hazlo ya, Lucas, muévete como sabes.

Tengo que hacer un esfuerzo sobrehumano para no follarla como realmente queremos.

—No me pidas eso, nena, no podemos con la bebé, tenemos que tomarnos las cosas con más calma. Tenemos que tener cuidado —le digo con la voz ronca, excitado.

Me muevo despacio, salgo de ella para volver a entrar hasta el fondo.

—Me estás matando, Lucas. Fóllame como tú quieres y como yo estoy deseándolo —me dice susurrando en el oído.

Entonces no puedo más y la embisto con fuerza, hasta lo más profundo de su ser. Mara comienza a gemir más fuerte y yo noto como su orgasmo está cerca, así que meto una mano entre nosotros, buscando su botoncito del placer; comienzo a frotar dos dedos contra su clítoris y es entonces cuando noto como su vagina se contrae y se corre, temblando en mis brazos y gritando de placer. La beso para acallar sus gritos en mi boca y, tras unas cuantas embestidas más, me llega el turno a mí.

Salgo despacio de su interior y la dejo con cuidado en el suelo.

—Lo siento, nena, no he podido contenerme —le digo y le doy un beso en los labios.

—Pues no lo sientas, porque yo estaba igual o peor que tú —me dice sonriendo.

Vamos al baño y nos duchamos juntos. Lucas se encarga de enjabonarme todo el cuerpo y, solo con el roce de la esponja, ya me estoy poniendo a tono otra vez. Cuando nos quitamos la espuma del cuerpo, salimos de la ducha, nos secamos y nos metemos en la cama desnudos.

Lucas me pone las manos en la tripa y me acaricia.

—Lucas, me ha encantado lo que has hecho esta noche en la discoteca. Desde ya te digo que es mi canción favorita —le digo.

—Me alegro que te haya gustado, pero no nos engañemos, tu canción favorita es cualquiera que cante tu Alejandro, en todo caso será la segunda.

Y nos echamos a reír.

Entonces Lucas se pone encima de mí, y con sus piernas me abre las mías.

—Hemos estado separados un tiempo, nena, y ahora tenemos que aprovechar el momento.

Me mira entre mis muslos y se pasa la lengua por sus labios.

—¿Sabes qué es lo que quiero hacerte? —me pregunta.

De sobra sé lo que quiere, pero me hago la tonta. Me muerdo el labio inferior y le digo:

—Pues no sé, ¿qué es lo que quieres? —le digo juguetona.

—Lo que quiero es meter la cabeza entre tus piernas y comerte entera hasta que te corras en mi boca, ¿te parece bien?

—Me parece perfecto.

Entonces baja por mi cuerpo y, tras dejar un beso en mi vientre, pone su boca en mi sexo. Con sus dedos me abre los pliegues de mi vagina y pasa su lengua experta por toda mi abertura. Es tanto el placer que parece que el corazón me va a explotar. Con la punta de su lengua comienza a dar toquecitos en el clítoris y con dos de sus dedos comienza a penetrarme.

Entonces, es cuando noto como el orgasmo se aproxima. Noto como se forma y sube desde la punta de los dedos de mis pies hasta explotar en lo más profundo de mi ser. Me dejo ir en su boca, noto como la humedad baja por mis piernas sin que yo pueda evitarlo. Lucas me mira y veo como se limpia la humedad de su boca con el dorso de la mano. Me sonríe orgulloso de lo que acaba de lograr. Se levanta y se mete en el baño, sale con una toalla y me seca entre mis piernas.

—Me encanta cuando te corres de esta manera —me dice.

Entonces me incorpora en la cama y me hace ponerme a cuatro patas. Se queda quieto, giro la cabeza y veo que me está mirando; se lame los labios y entonces pasa un dedo por mi centro, recoge la humedad y la pasea por mi sexo hasta mi culo. Lo miro con un poco de miedo.

—Ahora, no, nena, pero ten por seguro que no habrá rincón de tu cuerpo que no vaya a poseer.

Y entonces mete dos dedos en mi interior y comienza a masturbarme. Cuando ya estoy lo bastante lubricada, coge su erección con su mano y la pone en mi entrada. Comienza a entrar en mí despacio, poco a poco, hasta que llega a lo más hondo de mi cuerpo; entonces comienza su baile de caderas. Solo se escuchan nuestro jadeos y el sonido del choque de nuestros cuerpos. Me da un par de cachetes en el culo y entonces le digo que no pare, que me lo haga fuerte. Y lo hace. Me posee con una fuerza brutal, parecemos animales, pero es así como nos gusta hacerlo.


Cuando noto que Mara se está corriendo, no puedo evitarlo y me corro yo detrás. La forma en la que su vagina se contrae y aprieta mi polla es increíblemente placentero.

—Me vas a matar, nena.

Ella se ríe.

Salgo de ella con cuidado y Mara se echa boca abajo sobre la cama. Está preciosa con el pelo revuelto, sonrojada por la excitación, y me encanta ver la cara de satisfacción que tiene.

Cambia de postura y se pone de lado, entonces me pongo detrás de ella y le pongo una mano en el vientre. Estamos exhaustos y nos dormimos.

Cuando abro los ojos, me doy cuenta de que prácticamente estoy encima de Lucas. Levanto la cabeza y aprovecho para verlo dormir. Está muy guapo, tan relajado, tan sereno. Le paso los dedos por el contorno de la mandíbula; pincha un poco con la barba que tiene, pero me gusta como le queda. Tengo unas ganas enormes de besar esos labios tan tentadores que tiene, pero no quiero despertarlo, así que, con cuidado, me doy la vuelta.

Cojo el móvil y, tras ver que no tengo llamadas ni mensajes, busco en YouTube la canción que me dedicó anoche Lucas. La pongo bajita para no despertarlo. La termino de escuchar y no puedo evitar soltar una lagrimita. Es preciosa. La vuelvo a poner otra vez y abrazo a Lucas. Entonces noto como se incorpora, pone los dedos en mi barbilla para que levante la cara y, al ver que estoy llorando, me limpia las lágrimas con sus dedos.

—Te quiero, Lucas, estoy completamente enamorada de ti —le digo.

—Yo te quiero más, Mara —me dice.

Nos quedamos abrazados y terminamos de escuchar nuestra canción. Y nos volvemos a quedar dormidos abrazados.

Ya por la tarde, cuando nos despertamos, nos vestimos y vamos a mi casa. Subimos y mi madre le dice a Lucas que se quede a cenar.

—Claro, Manuela, me quedo encantado —le dice.

Enzo está superfeliz de que Lucas se quede y no lo deja en paz. Mi padre y él se ponen a hablar de deporte.

—Papá, ¿mañana me irás a recoger al cole? —le pregunta mi niño a Lucas.

La verdad, me dio un vuelco el corazón cuando escuché a mi hijo llamarlo papá, tendré que acostumbrarme.

—Claro que voy a buscarte. Mañana, mamá y yo estaremos esperándote en la puerta.

Después de la cena, Lucas lleva a Enzo a la cama, el niño se empeñó en que lo hiciera él. Le digo a mi madre que acompaño a Lucas al coche. Él se despide de mis padres.

—Nena, quiero hablar contigo —me dice cuando llegamos a su coche.

—Claro, dime —le contesto.

—Quiero que nos casemos lo antes posible, os quiero tener a los dos en casa, quiero comenzar nuestra nueva vida juntos lo antes posible.

Lo miro sorprendida.

—¿Qué te parece en un mes?

—Pero, Lucas, un mes es muy pronto —le digo.

—Pues para mí es una eternidad. Quiero que estéis ya en casa, llevar juntos a Enzo al colegio, recogerlo, estoy deseándolo. Lo que vivimos antes no cuenta, apenas estábamos juntos en casa. Ahora es todo completamente distinto —me dice.

Me quedo callada, es un poco precipitado, lo sé, pero yo en el fondo también quiero comenzar nuestra vida juntos.


—Estoy encantado con el giro que ha dado mi vida, y eso tengo que agradecértelo a ti. Si no hubiera sido por ti, no habría tenido el valor de cambiar mi vida, y eso lo has logrado tú, y estoy feliz, feliz como nunca, y quiero compartir esa felicidad contigo y con el niño y con esa pequeñaja. —Me besa la frente y me acaricia el vientre.

Lo miro a los ojos, está emocionado, igual que yo. Le acaricio la cara con la yema de mis dedos.

—Está bien, Lucas, nos casamos en un mes.

Y entonces me coge y comienza a dar vueltas conmigo en brazos.

# Capítulo 36
## Mara/Lucas

Las semanas siguientes pasan muy rápido. Entre el trabajo, el colegio, los preparativos de la boda, que, aunque Emilia se encargaba de todo, mi madre y yo le echábamos una mano. Ahora estamos entrando en la tienda de vestidos de novias. Es mi última prueba; si me queda bien ya nos lo llevamos. Me acompaña mi madre y Merche.

—Hola, Blanca, ¿cómo estás? —saludo a la dependienta de la tienda.

—Muy bien, Mara. ¿Nerviosa? —me dice.

—Acojonada es la palabra.

Nos reímos las cuatro.

Me hace pasar al probador. Mientras ella va a buscar el vestido, mi madre y Merche se sientan en los sofás. Debido a mi estado, Blanca me recomendó un vestido corte imperio color blanco roto, con la cinturilla debajo del pecho y con una gran caída en la falda. Decidí no llevar velo y los zapatos son sandalias planas, comodidad ante todo.

—Venga, Mara, vamos a probar —me dice Blanca.

Entra en el probador y me ayuda a vestirme. Me queda perfecto, de todo. Blanca me hace un peinado rápido con las manos para ver como me vería ese día. Salgo del probador. Tanto mi madre como mi amiga se ponen las manos en la boca. Mi madre se echa a llorar y Merche se limpia las lágrimas que ya le corrían por la cara.

—Hija, estás preciosa, pareces una princesa —me dice mi madre emocionada.

Me da un abrazo y nos echamos a llorar emocionadas. Merche se une al abrazo.

Entro de nuevo con Blanca a quitarme el vestido, se lo doy y me lo prepara para que me lo lleve hoy. Nos despedimos de ella, le agradezco el trato tan bueno que ha tenido con nosotras y ella me desea que el día de la boda sea el más especial de mi vida.

Salimos de la tienda y vamos al coche de Merche. Por el camino me llega un wasap de Lucas diciéndome que sobre las ocho vendrá a buscarme. Le contesto con un OK.

Merche nos deja a mi madre y a mí en casa. Como está semana la tenemos muy liada, ya quedamos en que el sábado vendrá temprano a casa y nos arreglaremos aquí las dos; ella es la que me maquilla y me peina.

Cuando subimos, mi padre está con Enzo jugando con el coche que le regaló Lucas. Los saludamos y voy a mi cuarto a dejar el vestido colgado del armario. Le digo a mi madre que he quedado con Lucas un rato y me dice que me vaya sin problemas. Miro el reloj y ya es casi la hora, así que le doy un beso a mi hijo y le digo que se porte bien con los abuelos, me despido de mis padres y les digo que en un rato vengo.

Cuando bajo, ya Lucas está esperándome en el coche. Lo miro y lo veo serio. Está raro.

—¿Qué te pasa, Lucas? —le digo.

—Me pasa que estoy harto de estar solo en casa. Ya todas vuestras cosas están allí, por qué no podéis quedaros, joder —dice enfadado.

Ya hemos tenido esta conversación varias veces. Le digo que ya quedan solo días, y que se hartará de tenerme a su lado.

—No me hace gracia, Mara. Necesito que estés en casa conmigo, encontrarte allí cuando salga del trabajo, te echo de menos, os echo de menos. La cama se me hace enorme sin ti, necesito sentir tu calor, dormir contigo. Desde la noche que salimos a celebrar, no hemos vuelto a estar juntos y te necesito —me dice.

No puedo creer lo que me dice.

—O sea, ¿qué es eso?, ¿se trata de sexo? ¿Sabes una cosa, Lucas?, yo también tengo las mismas necesidades que tú, o más, porque las hormonas me tienen totalmente alterada. Son unos días más, Lucas —le digo.

—Pues nada entonces, nos seguiremos viendo todos los días un rato como si fuéramos niños de quince años, nos damos un par de besos y listo. Ahora, si no te importa, tengo que irme a adelantar algo de trabajo —me dice serio.

—¿De verdad te vas a ir enfadado por esta tontería? —le digo incrédula.

—¡Es una tontería que quiera pasar tiempo con mi novia!

Lo miro y muevo la cabeza sin poderme creer lo que me está diciendo.

—Será mejor que me vaya, sí, porque estoy viendo que al final vamos a terminar mal —le digo con la voz tomada.

Pongo la mano en la manija de la puerta para abrirla, pero me lo impide agarrándome del brazo.

—Joder, Mara, ¿es un delito querer estar contigo? Llevamos tres semanas así, y te echo de menos.

No puedo creer lo que estoy oyendo.

—¿Sabes qué? Hoy he ido a recoger el vestido de novia, he tenido la última prueba y ni siquiera te has acordado de preguntarme cómo me ha ido. Ahora, enfadarte porque no me puedes llevar a casa para follarme... Esperaba más de ti, Lucas —le digo.

Entonces ya está la magdalena llorando otra vez.

—Joder, Mara, por cómo lo dices parece sucio. Te quiero en nuestra casa y también en nuestra cama, pero porque te echo de menos, y también echo de menos hacer el amor contigo, pero es más que eso, joder. No es solo por el sexo —dice alterado.

—A ver si te decides. Qué es lo que echas de menos, follarme o hacerme el amor —le digo ahora yo enfadada.

—Joder, eres imposible. Mira, sabes qué, será mejor que te vayas, ya hablaremos —me dice.

No puedo creer que me diga eso, se me ha formado un nudo en la garganta que apenas me deja respirar. Salgo del coche muy mal, llorando y con dificultad para respirar; me duele el pecho y siento una presión muy grande en la nuca. Escucho como Lucas arranca el coche y me duele que me deje de esta manera. Entro en el portal, pero me es imposible dar un paso más, así que tengo que sentarme en las escaleras. En eso que baja una vecina.

—Mara, cariño, ¿estás bien?

La pobre, al ver que apenas puedo hablar, y que me llevo la mano al pecho, se asusta y sale corriendo a llamar a mis padres.

—Mara, ¿qué te pasa? —grita mi padre asustado.

—No lo sé, papá, no puedo respirar y me noto el corazón acelerado —le digo como puedo.

—Ven, cariño. —Me ayuda a levantarme.

Le dice a mi madre que suba a casa con el niño, que él me lleva a urgencias. Le promete que en cuanto sepa algo la avisa. Vemos a mi madre subir las escaleras con cara de preocupación.

En cuanto llegamos al hospital, me meten de seguida en una consulta. Lo primero es ver que el bebé esté bien, y después me toman la tensión. La tengo muy alta, por eso la presión en la cabeza. Me dicen que me tienen que poner una vía para ponerme la medicación. El tener la tensión alta puede ser perjudicial para el bebé, pero también para mí; me pongo muy nerviosa, comienzo a llorar. Mi padre me coge de las manos e intenta tranquilizarme. El doctor me dice que tengo que relajarme, por mi bien y el de mi bebé.


Al llegar a mi casa lo primero que hago es echarme una copa, lo necesito. Después me pondré con los informes que tengo pendientes, pero ahora es lo que necesito para relajarme. Me siento en el sofá y le doy un sorbo a mi copa, pienso en qué manera tan tonta de enfadarnos Mara y yo, somos idiotas, porque, mirándolo fríamente, la razón la tenemos los dos. Estoy absorto en mis pensamientos cuando me suena el móvil. Veo que es Juan, su padre.

—Hola, Juan, ¿qué hay? —le pregunto.

—Lucas, te llamo para avisarte de que estoy con Mara en el hospital —me dice.

Según voy escuchando a mi suegro, noto como la sangre se me está helando.

—Lucas, hijo, ¿me estás escuchando? —grita a través del aparato.

—Sí, Juan. ¿Qué ha pasado? Dime que Mara está bien —logro decirle.

Me levanto y voy cogiendo las llaves del coche y la cartera, le digo a Juan que ya estoy saliendo

Mientras conduzco, pienso que si algo le pasa a Mara o al bebé será culpa mía. Seguro que se ha puesto mal por la discusión que hemos tenido. Es que siempre tengo que joderlo todo.

—Vamos a hacerte una ecografía, Mara —me dice la enfermera y me ayuda a sentarme en una silla de ruedas.

Me llevan por un pasillo hasta una sala. Estoy muy asustada, menos mal que mi padre no se separa de mí. Me siento en una camilla. Veo entrar al doctor.

—Mi bebé estará bien, ¿verdad, doctor? —le digo aterrada.

—Lo primero, tranquilízate. Con el reconocimiento que te hicimos antes, parece que sí, pero ahora vamos a asegurarnos —me dice el doctor.

Escucho mucho jaleo en el pasillo, y, de pronto, la puerta se abre; es Lucas, y tiene la cara desencajada. Hay una enfermera tras él.

—Lo siento, doctor, no he podido detenerlo —le dice la enfermera apenada.

Entra en la habitación y se pone a mi lado.

—Mara, por favor, dime que estáis bien —me dice con lágrimas en los ojos.

Yo no le digo nada, porque no puedo, solo lloro.

—A ver, la paciente necesita tranquilidad, y creo que su presencia la está poniendo peor —dice el doctor.

Lucas mira hacia el doctor frunciendo el ceño y tensando la mandíbula.

—Pues yo de aquí no pienso moverme, así que dedíquese a hacer su trabajo —le dice Lucas molesto.

Miro a mi padre y le pido ayuda con la mirada.

—Vamos, Lucas, esperemos fuera. —Mi padre lo agarra del brazo.

—Juan, es mi mujer y mi hijo —le contesta fuera de sí.

—Y lo van a seguir siendo, muchacho, pero dejemos que el doctor la revise y, cuando vaya a hacerle la ecografía, nos avisan, ¿verdad, doctor?

El médico asiente con la cabeza. Después de que han salido de la sala, intento tranquilizarme. Cuando termina con la exploración, la enfermera los avisa de que pueden entrar. Lucas entra como un huracán y se pone a mi lado. El médico comienza con la ecografía. Mira serio la pantalla y comienza a darle a los botones. Tanto mi padre como Lucas y yo estamos esperando que diga algo.

—Bueno, la ecografía no muestra nada anómalo, pero Mara ha llegado con la tensión muy alta, siendo perjudicial para la bebé, pero también para ella, eso no puede volver a pasar. Esta noche se queda ingresada porque hay que ponerle medicación, pero, desde ya, nada de alterarse, tiene que llevar una vida lo más relajada posible y, a la mínima que vuelva a notarse presión al respirar, dolor en la parte posterior de la cabeza, lo que sea, tienen que venir corriendo. Si tu padre no te hubiera traído, ahora estaríamos hablando en otros términos. Mañana, cuando te volvamos a revisar, si está todo bien, te podrás ir a casa. —El doctor se levanta.

Mi padre le da las gracias y se dispone a salir de la habitación, pero Lucas lo llama.

—Espere un momento. ¿Ha dicho usted la bebé? —le pregunta Lucas.

—Sí, eso he dicho —contesta el doctor.

—¿La bebé? —vuelve a preguntar.

Entonces nos damos cuenta, al final se ha salido con la suya. Es una niña. El doctor sale de la habitación sonriendo.

La enfermera me vuelve a sentar en la silla de ruedas. Lucas la ayuda. Vamos a mi habitación. Una vez en la cama y con la medicación ya puesta, estoy más relajada.

—Salgo, que voy a llamar a tu madre, debe de estar muy preocupada —me dice mi padre.

En cuanto mi padre nos deja solos, Lucas se sienta en un lado de la cama.

—Lo siento, pero que estemos en la misma cama no quiere decir que vayamos a follar —le digo.

Me sale así, no puedo evitarlo, pero es que me dolió demasiado.

—Está bien, me lo merezco, soy un gilipollas, pero, nena, por favor, no me hagas esto, no era solo el follarte, Mara, eso ni lo pienses. Mírame, por favor. —Lo hago.

Está llorando, sus hermosos ojos verdes están inundados en lágrimas.

—Siento que pienses eso de mí, eso no es así. Te amo y quiero estar contigo, pero estar contigo de cualquier forma. —Se limpia las lágrimas con las manos—. Hoy ha sido el día que más miedo he pasado, pensar que le podía pasar algo a mi bebita o a ti. Cuando el doctor ha dicho eso he creído morir, Mara. No podría soportarlo, perdóname, por favor —me dice todavía emocionado.

Pero no puedo contestarle, no porque no quiera, es que no puedo. Solo sé que se me escapan algunas lágrimas que él me limpia con sus labios, y que cierro los ojos, siento pesados los párpados y, por más que intento mantenerme despierta, no puedo.

# Capítulo 37
# Mara/Lucas

Cuando abro los ojos, no sé ni dónde estoy, siento algo en el brazo y, al mirar, veo que tengo una vía puesta. Entonces comienza a venirme recuerdos del día de ayer. La discusión con Lucas, cuando comencé a sentirme mal, cuando apareció por aquí. Entonces miro por la habitación y lo veo. Está dormido en el sillón. Pienso en todas las cosas que me dijo antes de caer dormida. Pobre, se siente culpable de que esté ingresada. La culpa también fue mía, él solo pedía pasar más tiempo conmigo y yo me comporté de esa manera tan infantil. Lo miro, está tan guapo y es mío, solo mío. Ayer parecía aterrado y yo ni le hablé, y, aun así, sigue aquí, a mi lado. Intento levantarme, me hago mucho pis, y, al moverme, la cama cruje, lo que hace que Lucas se despierte.

—¿Qué pasa, Mara? ¿Cómo te encuentras? —me dice levantándose del sillón.

—Bien, pero necesito ir al baño, me hago pis —le digo.

Me ayuda a levantarme y me acompaña al baño. Le digo que me deje sola, que estoy bien. Me dice que lo avise cuando termine.

Cuando termino de hacer pis, me siento mucho mejor. Tenía mucha presión en el vientre, de aguantar. Me voy al lavabo y me lavo los dientes, la cara, y me recojo el pelo en una coleta. Ahora estoy un poco más presentable.

Abro la puerta del baño y salgo.

—Te he dicho que me avises, Mara —me dice y me ayuda a sentarme en la cama.

—Estoy bien, Lucas, puedo hacerlo sola —le digo.

Él se sienta a mi lado, me coge de las manos y se las lleva a los labios.

—Mara, te amo, y quiero que tengas claro que estoy dispuesto a esperar lo que sea, no quiero que vuelvas a pensar que solo te quiero para calentar mi cama, que me encanta y lo sabes, y estar dentro de ti es una de las cosas más maravillosas y me vuelve loco, pero todo eso es secundario, lo primero es este amor tan grande que siento por ti, y que en la vida me podría imaginar que sentiría por nadie. Por eso, cuando ayer me llamó tu padre y me dijo que estabas aquí, si algo le hubiera pasado a la niña o a ti, no me lo hubiera perdonado en la vida, Mara —me dice y le cae una lágrima.

Una lágrima que ahora soy yo la que se la limpia.

—Ya está, Lucas, no quiero que te sientas mal. Dos no discuten si uno no quiere, y que sepas que hacer el amor contigo para mí también es maravilloso y me encanta. De hecho, quiero que te levantes y eches el seguro de la puerta, te metas entre mis piernas y me hagas el amor, porque yo también lo echo de menos —le digo juguetona.

Lucas me mira sorprendido de lo que acabo de decirle.

—Nena, no seas mala, estamos en un hospital.

—Ya lo sé. —Le pongo la mano en la entrepierna.

En seguida noto como se le pone dura, le sonrío.

—Falta un rato para que vengan a revisarme, y ahora lo que quiero es que me revises tú. —Me acerco a él y, sin apartar la mano de su bragueta, le beso en el cuello.

Se levanta y va hacia la puerta. Cierra con el seguro y, cuando se vuelve, ya se está bajando los pantalones.

—Dios, me vuelves loco —me dice.

Se hace hueco entre mis piernas y entonces agacha un poco la cabeza para poder besarme. Su lengua busca la mía y juntas se mecen en un baile sensual. Sus labios besan los míos y su lengua se pasea por dentro de mi boca asolando todo a su paso. Mis manos y las suyas comienzan a despojarnos de la ropa que nos estorba. Lucas mete un dedo en mi interior y, tras comprobar que estoy lubricada, coge su erección y me la mete de una sola embestida. Solo se escucha nuestros jadeos al oído, aquí no podemos gritar ni nada parecido, así que gemimos bajito, o lo intento, porque con Lucas eso es imposible. Entonces, cuando se da cuenta de que me viene el orgasmo, me pone una mano en la boca y exploto contra ella. Él sigue con las embestidas hasta que noto como se tensa, entonces, me besa y su gruñido se pierde en mi boca. Siento como me llena con su semen, lo noto caliente en mi interior.

Cuando acabamos estamos exhaustos, apoya su frente en la mía.

—Estamos locos, completamente locos.

Y nos echamos a reír.

Nos ponemos bien las ropas y va hacia la puerta y le quita el seguro. Pasa como media hora cuando entra la enfermera y el doctor. Tras hacerme varias pruebas, me dice:

—Bueno, Mara, la tensión se ha estabilizado y las demás pruebas están correctas, así que vamos a darte el alta. Sé que en dos días os casáis, y que estaréis nerviosos, pero, Mara, tienes que intentar llevarlo lo más relajada posible, vale.

—Descuide, doctor, de eso me encargo yo, de mi cuenta corre —le dice Lucas.

Salimos del hospital y Lucas conduce hasta mi casa. Ni qué decir tiene de que estoy loca por ver a mi niño.

—Mamiii, por fin estás en casa, te he echado de menos —me dice mi niño agarrado a mi cuello.

—Yo también te he echado de menos, mi vida, mucho. —Y entonces comienzo a llorar.

Así estoy todo el día, río, lloro. Vaya tela, cómo me tienen las hormonas. Lucas se queda con mis padres y mi niño en el salón mientras yo me doy una ducha. Cuando termino, me pongo un pijama y salgo. Lucas, al verme, me lleva de la mano a mi cuarto y me mete en la cama.

—Nena, tienes que descansar, así que a la cama —me dice mientras me tapa con una sábana.

Me dice que se va a casa a terminar una cosa de trabajo y esta tarde se pasará un rato a verme. Me paso todo el día en cama, con la compañía de mi niño y, por la tarde, de Lucas. Por la tarde también vienen Merche y Adrián. Lucas decide salir del cuarto y se va con mis padres al salón, estos dos no cambiarán nunca. Cuando mis amigos se van, entonces entra Lucas otra vez al cuarto.

—Ni se te ocurra decirme nada, porque Adrián haya decidido venir a verme —le digo.

—No pensaba decirte nada, es tu amigo, y si tú ya lo perdonaste, allá tú, pero decirte que, para mí, cuanto más lejos esté, mejor, así evito la tentación de partirle la cara cada vez que lo veo —me dice.

El sábado llega rápido y, tal y como dijo Merche, está en casa temprano, viene cargada con su vestido y sus zapatos. La boda es a las cinco, pero ella quería pasar mi último día de soltera conmigo. La casa es un hervidero de gente, varias vecinas han venido a felicitarme; mis tíos y mis primos están aquí también. Mi niño está nervioso con tanta gente en casa y yo estoy más o menos tranquila. He hablado con Lucas y me ha dicho que nada de nervios, que piense en la niña. Y eso hago, por eso estoy así; mientras todo el mundo está de los nervios, yo estoy como si la que se casara fuera otra. Tenemos que comer por turnos, al ser tanta gente. Después de comer, Merche se pone con mi maquillaje. Hemos quedado que sería algo sencillo, y eso hace. Siempre se le dio muy bien el tema de maquillaje y peluquería. Ahora el pelo, me lo deja suelto y con unas suaves ondas, solo lo adornan algunas florecitas pequeñas repartidas por la cabeza. Me miro en el espejo y me veo guapísima. Entra mi madre y me dice que ella, mis tíos y mis primos se van yendo para la iglesia. Se me acerca y me da un beso. Se va emocionada.

En el salón me esperan mi padre y mi niño. Merche se termina de vestir y de maquillar y, entonces, me ayuda con el vestido. Cuando me ve, se le escapa una lagrimita.

—No, por favor, no llores, que no quiero llorar —le digo.

Ella asiente con la cabeza y salimos al salón. Cuando mi padre me ve, se emociona también y me abraza. Miro a mi pequeño y no puedo creer lo guapo que va, con su traje de chaqueta, mi pequeño hombrecito.

Salimos de casa, yo del brazo de mi padre y mi amiga llevando a Enzo de la mano. Vamos todos en el mismo coche.


Entro en la iglesia acompañado de mi madre. Puedo ver a varios amigos del instituto ya sentados, colegas del bufete, y a Cristian con Isa y sus hijos. Le digo a mi madre que voy a hablar con ellos. Cuando llego, lo saludo con un abrazo e Isa me da dos besos. La pequeña Mia me da un beso en la cara, es para comérsela. El pequeño está dormido.

—¿Nervioso? —me pregunta mi amigo.

—Acojonado —le contesto.

Nos reímos, en esa que se acerca mi madre a saludarlos. Hablamos un rato más hasta que el cura aparece por el altar. Me despido de ellos y voy con mi madre a mi sitio. Saludo a Manuela, que está sentada y espero a que llegue mi chica, nervioso.

En un momento dado, comienza a sonar la marcha nupcial y miro hacia la puerta. Entonces la veo del brazo de su padre. Dios mío, está preciosa. Me emociono y tengo que limpiarme unas lágrimas que salen de mis ojos sin que yo pueda evitarlo. Veo a Enzo delante de ellos, parece un hombrecito. Lleva las alianzas y se toma muy en serio su papel. Cuando llegan al altar, mi suegro me dice:

—Lucas, te entrego lo más preciado que tengo en la vida. Espero que la cuides como se merece, que los cuides como se merecen —me dice Juan.

—Tranquilo, cuidaré de ellos y los protegeré con mi vida —le contesto.

La ceremonia pasa rápido, y cuando nos queremos dar cuenta ya nos estamos poniendo los anillos. El cura dice eso de puedes besar a la novia, y no veía el momento de plantar mis labios en los suyos

—Te amo —le digo cuando me separo de ella.

—Yo a ti más —me dice ella, y nos reímos.

# Capítulo 38
## Mara/Lucas

Llegamos al lugar de celebración. Son unos jardines al aire libre. Mi madre se encargó de organizarlo todo y la verdad es que ha quedado todo muy bien. Hay mesas por todas partes, todo en blanco y rosa; un *photocall* con globos, no falta detalle; una pista de baile y un DJ.

Nos sentamos en la mesa con mis padres, mis suegros y Enzo. La comida es exquisita y damos buena cuenta de ello. Veo orgulloso lo bien que está saliendo todo.

—Gracias, mamá, está todo perfecto —le digo.

Después de la tarta, me levanto de la silla y cojo a Mara de la mano.

—Vamos, nena, a bailar —le digo.

Ella se levanta sonriendo. En la pista de baile estamos solos ella y yo. Toda nuestra familia y amigos nos están rodeando.

Entonces comienza la música y Mara me mira ilusionada.

—Lucas, es nuestra canción —me dice emocionada, con lágrimas en los ojos.

—Sí, nena, y como dice la canción, tú me cambiaste la vida, y quiero que sigas haciéndolo. Te amo, amor —le digo.

Nos besamos, nos olvidamos que estamos rodeados por nuestros invitados. Ahora mismo solo somos ella y yo. El beso dura lo que tarda la canción en acabar y, cuando lo hace, nos separamos. Entonces todo el mundo comienza a aplaudir.

El resto de la celebración es baile y más baile. Con mi madre, mi suegra, Merche, mis primas, ya he perdido la cuenta de todos los bailes, menos con Mara, la pobre está agotada.

Mis padres y los padres de Mara son los primeros en irse y se llevan a Enzo con ellos. Poco a poco algunos familiares también se van marchando, son casi las dos de la madrugada. Cristian e Isa también se fueron cuando sus hijos ya terminaron dormidos en sus brazos.

—Nena, ¿y si nos vamos ya?, estoy loco por estar a solas contigo —le digo al oído.

Mara ve el cielo abierto cuando se lo digo. Ya solo quedan amigos y los primos de ambos. Nos despedimos de todos, salimos de los jardines y nos montamos en mi coche. Pongo rumbo a un hotel donde reservé la *suite* nupcial para pasar la noche. Llegamos y dejo el coche en el *parking*. Después de pasar por recepción, nos dan la tarjeta de la habitación. Llegamos ansiosos a la *suite* y Mara se queda helada con lo que ve. En todo el centro de la habitación hay un gran *jacuzzi*, la cama está llena de pétalos de rosa y hay champán con fresas.

—Lo has organizado todo muy bien, ¿no?

—Todo es poco para ti —me dice él.

Lo primero es ayudar a Mara a quitarse el vestido de novia. Se queda en ropa interior. Mis manos van hacia su vientre, ya se le nota. Le doy un beso corto en los labios.

—No te muevas, nena. Voy a llenar el *jacuzzi*.

Lo pongo en marcha, pongo la cubitera con el champán al lado, en una mesita, y las fresas. Vuelvo con Mara. Entonces es ella la que me quita la chaqueta, la corbata y comienza a desabrocharme la camisa. Lo hace despacio, mirándome a los ojos.

Pasea sus manos por mi pecho, comienza a desabrocharme el pantalón. Le pongo las manos encima. Ella me mira.

—Quieto, nene, déjame hacer a mí.

Entonces se pone de rodillas y me termina de quitar el pantalón. Mi respiración comienza a agitarse porque sé lo que viene.

Me baja el bóxer y entonces mi erección salta, y veo como Mara se relame los labios. Eso me pone aún más cachondo. Entonces ella la coge y se la mete entera en la boca. Sin preámbulos ni nada, su lengua comienza a lamer toda mi longitud. Rodea la punta con sus labios y vuelve a introducirla por completo en su boca; gruño de placer. Le pongo las manos en la cabeza y comienzo a moverme. Mara me pone las manos en el culo y empuja para que la meta más. Puedo notar como llega a su garganta y como ella aguanta las arcadas.

—¿Es esto lo que quieres?, ¿que te folle la boca? —logro decirle con la voz entrecortada.

—Sí, fóllamela —me dice ella.

Entonces comienzo a sacar y meter la polla por completo de su boca. Es tanto el gusto, que me corro y ni me da tiempo de retirarme. Me vacío en su boca, ella se lo traga todo y entonces se la saco de la boca y se la paso por los labios; dejo algo de mí en ellos. La ayudo a levantarse y entonces le chupo los labios. La limpio con mi lengua. Ella gime en mi boca y entonces me separo de ella. Le quito lo poco de ropa que lleva. La cojo de la mano y la ayudo a meterse en el *jacuzzi*.

—Siéntate en el borde y abre las piernas —le digo con voz ronca.

Ella hace lo que le digo. Entonces me siento enfrente de ella y me echo una copa de champán. Me la bebo despacio mientras miro todo su cuerpo expuesto por completo a mí. Está mojada, puedo ver lo lubricado que tiene su sexo. Está brillante. Me lamo los labios, deseando ponerlos ahí, pero antes voy a jugar un rato con ella.

Me levanto y me acerco a ella. Cojo una fresa del cuenco y se la paseo por sus labios. Ella entreabre la boca y se la introduzco un poco, ella la muerde. Se la saco y ahora el que muerde la fresa soy yo.

Sigue muy excitada. Me retiro un poco y vuelvo a poner mis ojos en su sexo; lo veo gotear, joder. Entonces cojo otra fresa, ahora se la paso por los pezones, se los rodeo y bajo la cabeza y los chupo. Sabe a ella y a fresas, una delicia. Sigo bajando la fresa hasta el ombligo, hago lo mismo y se lo beso. Mara está jadeando, su pecho sube y baja muy deprisa. Me pongo de rodillas entre sus piernas, el agua me cubre hasta las caderas, está templada. Bien, porque yo estoy muy caliente.

Ahora la fresa la paseo por el interior de sus muslos hasta llegar a su sexo. La paseo por toda su abertura recogiendo su humedad. Entonces me llevo la fresa a mi boca y me la como, joder, sabe a ella. Mi sabor preferido. Mara no quita ojo de mi boca, está muy excitada y sé lo que quiere.

—Ahora te voy a comer a ti —le digo totalmente excitado.

Y bajo mi cabeza y planto mi boca en su sexo, que sabe a fresa y a ella. Me la como entera. Mi lengua no para de hacerla gemir y con mis manos en sus pechos puedo notar cuando está a punto, ya que sus pezones me avisan. Entonces, con mis labios le succiono el clítoris hasta que explota en mi boca; puedo sentir su humedad en mis labios. Me paso la lengua por ellos.

—Bésame, nena, pruébate qué bien sabes —le digo.

Entonces me besa y su sabor y el mío se mezclan en su boca. Mara coge mi polla y se la pone en su entrada y se mueve hasta que entra la punta en su interior. Se queda quieta y ahora soy yo el que empujo hasta meterla por completo en ella.

—Puf, nena, me pones muy cachondo, lo sabes, ¿no? —le digo.

—Algo he notado —me dice, y se mueve, haciéndonos gemir a los dos.

Entonces la cojo por la cintura y me siento. El agua nos llega a las caderas y ella comienza a moverse. Me cabalga como una verdadera experta y me vuelve loco con ese movimiento de caderas que tiene.

Gemimos. El agua sale y se derrama en el suelo del movimiento de nuestros cuerpos, pero nos da igual. Lo único que queremos es llegar al tan ansiado clímax, y eso hacemos. Nos corremos a la vez. Mara gime en mi oído y yo suelto un gruñido que me sale de lo más profundo de mi ser. Nos quedamos abrazados un rato en silencio hasta que Mara se levanta con cuidado y sale de mí. Se sienta enfrente y nos reímos. Joder, ha sido espectacular.

Cuando ya comenzamos a arrugarnos de tanta agua, salimos y nos secamos; nos metemos en la cama y nos dormimos abrazados. La noche de bodas no termina ahí. Despierto varias veces a Mara y la hago mía de todas las formas y posturas posibles. Mañana tendrá problemas para andar bien, pero es que he descubierto que soy adicto a ella y me encanta sentir como su cuerpo se estremece y como se deja ir con mis caricias, mis besos y mi cuerpo.

—Te quiero, Lucas —me dice Mara casi ya amaneciendo y después de poseerla otra vez.

—Yo a ti más, nena. Yo pensaba que estaba negado a enamorarme, que nunca sentiría lo que es amar a alguien por encima de todo, pero llegaste tú, y pusiste mi vida patas arriba y me enamoré, me enamoré como un loco, y me has hecho el hombre más feliz del mundo. Tú y los niños sois todo para mí, y os querré y adoraré por siempre —le digo y la beso.

Un beso lleno de promesas y sobre todo de amor.

# EPÍLOGO

—Joder, Lucas, me vuelves loca, joder —le digo a mi marido con la voz entrecortada.

—No, nena, tú sí que me vuelves loco, dios. Me encanta estar dentro de ti.

Lucas no para de embestirme, y me corro de seguida.

—Joder, nena, qué gusto me das cuando te corres, me encanta como aprisionas mi polla —me dice con voz ronca y, después de un par de embestidas más, se corre gimiendo en mi oído.

Acabamos cansados, exhaustos y me duermo de seguida. Cuando me despierto estoy sola en la cama, miro el móvil y son las once de la noche. Me noto rara, me duele demasiado los riñones y noto una ligera presión en el bajo del vientre. Voy al baño, necesito una ducha. Estoy sudando.

Me estoy enjabonando cuando noto como un líquido me corre por las piernas. Miro e intento pararlo, pero no puedo y sigue saliendo líquido.

—Joder, acabo de romper aguas.

Por una parte ya estaba deseando que pasara. Estoy cumplida desde hace casi siete días. Mañana me provocarían el parto si no me ponía antes y ahora acabo de romper aguas y tengo miedo.

Salgo del baño y me pongo un vestido suelto que me llega hasta los pies. Cojo la maleta que tengo preparada con mis cosas y las de la bebé, salgo a buscar a Lucas. La luz del salón está encendida, así que debe de estar trabajando. Y así es. Está tan concentrado que no se da cuenta de mi presencia.

—Ejem. —Me aclaro la garganta para llamarle la atención.

Levanta la cabeza del portátil y se queda a cuadros cuando me ve vestida y con la maleta en la mano.

—No me digas, nena, ¿de verdad? —me dice.

Se levanta y comienza a tocarme.

—¿Estás bien? ¿Te duele mucho?

—Tranquilo, Lucas, no me duele, no mucho, por ahora, pero he roto aguas mientras me duchaba, así que será mejor que nos vayamos —le digo.

Comienza a dar vueltas por el salón, coge las llaves del coche, las suelta, coge su chaqueta, la deja en la silla, de locos, vamos.

—Lucas, cariño… —Lo hago parar.

Le cojo la cara con las manos.

—Tranquilo, vale, esto va para largo todavía. Apaga el ordenador, recoge tus cosas y nos vamos, ¿vale? —Me mira y respira hondo.

Hace lo que le digo, lo estoy esperando en la puerta de casa. Me coge la maleta de la mano y nos metemos en el ascensor, me dice que me tranquilice, pero es él quien se tiene que tranquilizar, yo estoy bien.

El camino al hospital lo hicimos superrápido, menos mal que mi niño está con mis padres en casa, los he avisado, pero les he dicho que se queden con el niño. Ya una vez que pase todo, que vayan al hospital. Lucas llama a su madre y le dice que estamos de parto; Emilia dice que salen para el hospital.

En cuanto llegamos, me meten en la sala de dilatación. Lucas se ha quedado dando mis datos a la enfermera. Me tumbo en una camilla y me rodean con cables. La matrona viene y, tras hacer unas comprobaciones, me dice que estoy dilatada de cinco centímetros, la cosa va bien. Las contracciones comienzan a ser un poco más fuertes, pero por ahora aguantables. Lo que sí tengo es muchísima calor.

Veo entrar a Lucas en la sala. Se pone a mi lado.

—Lucas, por favor, coge de mi bolso un abanico y dame aire, por favor, ya no aguanto.

Lucas abre mi bolso y lo coge.

Al rato aparece Emilia.

—Mara, hija, ¿cómo te encuentras? —me dice y me toma de la mano.

—Regular, esto me está doliendo ya más de la cuenta y no voy a poder soportarlo, Emilia. Me duele mucho y tengo mucho calor y tu hijo, que se cansa de abanicarme —le digo lloriqueando.

Lucas mira a su madre y me mira a mí. Pero no dice nada, y que ni se le ocurra. Todo esto es por su culpa. Yo lo único que quiero es que no deje de mover el abanico. Vuelve a venir la matrona. Saluda a Emilia y me reconoce otra vez.

—Bueno, Mara, vas muy bien, estás ya de ocho centímetros; en nada estamos en el paritorio.

Le pregunta a Lucas si va a entrar. Él le contesta que sí.

—Pues vente, que vamos a ponerte guapo.

Los veo salir a los dos.

Cuando viene las contracciones, ya son inaguantable. Le grito a Lucas que busque a la matrona, que ya no puedo más. Emilia nos dice que va ella. Vienen de seguida. La matrona levanta la sábana y, al comprobar cómo va la dilatación, nos dice que vamos a paritorio.

Lucas viene a mi lado e intenta darme ánimos y fuerza, pero estoy aterrada. Me ayudan a subir a la camilla y Lucas me ayuda a poner los pies en las perneras de la camilla. De seguida se pone a mi lado y me da la mano. Lo miro y está más aterrado que yo, tiene la cara desencajada.

La enfermera me cubre con una sábana y entonces entra un médico y la matrona.

—A ver, Mara. Sé que tienes muchas ganas de empujar, pero no lo hagas hasta que yo te diga, ¿vale?

Tengo que hacer un esfuerzo titánico, ya que lo que quiero es empujar, y mucho.

—¡Ahora, Mara! —me dice el doctor.

Empujo, empujo desde lo más profundo de mi ser. Grito, me duele todo. Noto como me desgarro por dentro, pero aun así empujo.

—¡Para, Mara! Espera —dice el doctor.

Le dice a Lucas que se ponga a mi espalda. Con la ayuda de la enfermera, me incorporan un poco y me dejo caer del pecho de Lucas, me agarro fuerte a las manos de mi marido, a la espera de la siguiente contracción. Aprovecho para descansar un poco y coger fuerzas.

—¡Ahora, Mara!

Empujo, empujo con todas mis fuerzas, aprieto las manos de Lucas, hasta no poder más.

—Muy bien, Mara, ya está casi fuera. Empujas una vez más y ya, ¿vale? —me dice el médico.

—Muy bien, nena, lo estás haciendo muy bien —me dice Lucas.

Espero a que me venga la siguiente contracción y, cuando la siento, comienzo a empujar. Ya casi sin fuerzas noto como el médico mueve a la niña dentro de mí, pero cuando la saca por completo, noto un gran vacío en mi interior, y frío, mucho frío. La escucho llorar, y el médico le dice a Lucas que se acerque y le corte el cordón.

Veo a Lucas que se acerca y el doctor le da una especie de tijeras y, temblando, lo corta por donde le dicen. Está llorando, se limpia las lágrimas con el dorso de la mano. Entonces, la matrona, después de preparar a la niña, se la pone en los brazos a Lucas.

Se acerca a mí, con nuestra pequeña en los brazos. Ahora lloramos los dos.

—Gracias, amor, acabas de hacerme el hombre más feliz de la Tierra. —Me da un beso en los labios.

Lucas me pone a mi niña en mi pecho. La miro y me parece mentira que ya esté con nosotros. Es preciosa, con su pelito oscuro, los ojos rasgados, sus mofletes sonrojados; es una bendición. Se lleva las manos a la boca, tiene hambre, así que me la coloco en el pecho. Le cuesta, pero al final lo coge. Estamos en recuperación. Lucas no se separa de nosotras. Emilia entra, me da un beso y se pone al lado de la cunita de su nieta.

—Es preciosa, la niña más bonita del mundo. —Le deja un beso cariñoso en su cabecita.

Mi niña nació a las nueve y diez de la mañana, con un peso de tres kilos cuatrocientos veinte gramos y cuarenta y siete centímetros.

Al cabo de un par de horas, nos pasan a la habitación. Allí ya nos están esperando mis padres y mis suegros. Cuando ya instalan la cama, mis padres se me acercan y me abrazan emocionados. Mi padre se limpia las lágrimas mientras mira a su nieta. Mi madre me dice emocionada que la niña era como yo cuando nací, nos reímos todos.

Pregunto por mi niño y me cuenta mi padre que él quería traerlo al hospital, pero que mi madre no quiso, así que está en el colegio.

Mi niña no deja de ir de brazo en brazo. Ahora el que la tiene es el padre de Lucas; literalmente se le cae la baba con su nieta. Todos bromean con eso.

Al mediodía se van todos y nos quedamos Lucas y yo solos. Acabo de darle el pecho y Lucas está intentando que eche el aire. Le frota con cuidado la espaldita. Se le da muy bien hacerlo; antes le cambió el pañal, y la maneja mejor que yo. Me encanta verlo en el papel de padre.

—¿Qué te parece el nombre de Nataly? —me pregunta Lucas.

La verdad es que no habíamos pensado en ningún nombre, así que decidimos esperar a que naciera.

Es un nombre muy bonito y además tiene cara de Nataly —dice bromeando.

Sé que le hace mucha ilusión ponerle el nombre a su hija, así que le digo que sí.

—Vale, la verdad es que es un nombre precioso. Me gusta.

Lo veo sonreír, y ahora es a mí a quien se le cae la baba al verlos a los dos.

Por la tarde recibimos la visita de Merche y Adrián. Como siempre que están juntos, hay tensión en el ambiente, pero tiene que ser por la felicidad de Lucas al ser padre o no sé, pero Adrián se acercó a él a felicitarlo y se estrecharon la mano. Les sonreí a los dos.

Emilia viene a acompañarme un rato. Lucas va a casa de mis padres a pasar un rato con Enzo. No queremos que nos eche en falta. Mientras Emilia se queda pendiente de la pequeña, yo aprovecho y me doy una ducha, lo necesitaba como el comer.

Estoy muy dolorida, pero una vez que salgo del baño, la verdad me siento mejor.

No quiero acostarme otra vez en la cama, así que, con cuidado, me siento en el sillón. Mi niña comienza a llorar, así que me la pongo en el pecho y comienza a mamar, se tranquiliza. Lucas llega y se sienta a nuestro lado, me dice que Enzo está deseando vernos y a mí se me caen las lágrimas de pensar en mi niño.

—Ya está, nena, en un par de días estamos en casa juntos. Le he dicho que esta noche, antes de que se acueste, lo llamarás. —Y me besa en los labios.

Le agradezco todo lo que hace. Le digo que se vaya a casa a descansar, pero me dice que ni muerto se separa de nosotras. Termino de darle el pecho y le doy a la niña, ahora es él quien se sienta en el sillón para hacerle soltar el aire.

Me paso a la cama y entonces entran en la habitación Cristian e Isa. Traen un peluche para la niña y se lo pongo en la cunita. Isa de seguida pregunta si puede coger a la bebé y Lucas se la da. Cristian le da un abrazo a Lucas y lo felicita.

—Es preciosa, Mara. Tenéis una niña preciosa —nos dice Isa.

Cristian y Lucas bromean de las cosas que hacen los padres. Yo le digo que Lucas ya ha cambiado varios pañales y se le da muy bien. Cristian bromea y le dice a su amigo que ahora es cuando comienza su calvario.

Después de un rato más, se despiden de nosotros. Lucas le dice que ya quedaremos un día en casa.

Esa noche no duermo, me paso las horas mirando a mi niña. Mara está dormida, se despierta cuando la pequeña llora para comer. Después yo la cambio y, cuando se duerme, la paso a la cunita, y ahora estoy mirándola. Mi hija es perfecta, es mía.

—Lucas, deberías dormir un poco. Relájate, que ya me quedo yo pendiente de ella —me dice Mara.

Me acerco a la cama y me siento junto a mi mujer.

—Tranquila, descansa tú. Aunque quisiera, no puedo dormir, no puedo dejar de mirarla. En serio, Mara, estoy muy feliz, nena. Gracias por todo lo que me das —le digo.

Me inclino sobre ella y la beso en los labios. Ella me acoge como siempre y yo, deseando sentirla, profundizo el beso, creo que no me cansaré nunca de besarla. Mi mano le acaricia el cuello y estamos en eso cuando escuchamos quejarse a la pequeña. Me levanto y está moviéndose. La cojo de la manita y la muevo con cuidado. De seguida se calma, miro a Mara y me sonríe. Ya no necesito más en mi vida.

Después de dos días en el hospital, podemos irnos a casa. Mara está loca de contenta. Va a poder ver a Enzo, lo echaba demasiado de menos. Entramos en casa. Mis padres, mis suegros, el pequeño, todos esperándonos. En cuanto Enzo ve a su madre, sale a correr hacia ella. Mara lleva a la niña en brazos, entonces se agacha con cuidado para estar a la altura del niño y lo abraza. Mara le enseña a su hermanita. El niño la mira y le deja un besito en la frente.

—Mira, Enzo, te presento a tu hermanita Nataly.

—Es muy guapa —dice el niño.

—Claro, porque se parece a su hermano —le contesto yo.

Mara me mira y me guiña un ojo. Pasamos al salón. Mi madre se encarga de preparar algo de comida con la ayuda de Manuela. Después de comer, Lucas se va a jugar un rato con Enzo, no queremos que coja celos de la niña. Yo me quedo en el sofá. Con mis padres aquí y mis suegros, no me dejan moverme para nada. La niña es superbuena, solo llora cuando quiere comer; lo malo que es muy glotona y me llevo todo el día dándole la teta.

Ya por la noche, cuando todos se han ido y nos quedamos los cuatro solos, Lucas le pone a Enzo sus dibujos y se sienta a mi lado. Yo tengo a la pequeña Nataly en brazos, se acaba de quedar dormida. Lucas la mira embelesado.

—Nena, me parece increíble todo esto. En la vida podía imaginar que yo podría formar una familia como la que tenemos, y que seamos tan felices. Hace más o menos un año, mi vida era tan diferente. Yo pensaba que era feliz viviendo de esa manera, pero llegaste tú y me cambiaste todos mis esquemas o, como dice nuestra canción, me cambiaste la vida. Qué equivocado estaba. Esto sí es felicidad, el estar aquí con mi mujer y mis hijos; no pido más. Te amo —me dice emocionado.

Yo te amo más —Me acerco a él y lo beso.

Un beso eterno, un beso lleno de promesas, de sueños y, sobre todo, con mucho amor.

**FIN**

# Índice